Respawn

리스폰5

초판 1쇄 인쇄일 2015년 7월 24일 | **초판 1쇄 발행일** 2015년 7월 28일

지은이 베어문도넛 | **펴낸이** 곽중열 | **담당편집 팀장** 이범수
편집부 신연제 이윤아 김호성 김은경

펴낸곳 (주)조은세상 | **출판등록** 제 2002-23호
주소 경기도 연천군 미산면 청정로 1355
TEL 편집부 02)587-2966 | FAX 02)587-2922
e-mail bukdu@comics21c.co.kr

©베어문도넛 2015
ISBN 979-11-5832-187-1 | ISBN 979-11-5832-061-4(set) | 값 8,000원

※잘못 만들어진 책은 바꿔 드립니다.
※저자와의 협의에 의해 인지는 생략합니다.

Respawn

리스폰

NEO FUSION FANTASY STORY & ADVENTURE

베어문도넛 퓨전 판타지 장편소설

Respawn

NEO FUSION FANTASY STORY & ADVENTURE

Respawn

NEO FUSION FANTASY STORY & ADVENTURE

30장.

재회

리스폰

시우는 눈앞에서 어른거리는 하얀 머리카락을 매만졌다.

아이시크의 드래곤 하트에서 흘러나오는 원력에 동조하는 과정에서 시우의 원력에 변화가 있었다. 그런데 설마하니 바뀐 원력에 의해 몸에까지 변화가 생길 줄은 미처 몰랐다.

그러나 납득할 수 있는 현상이었다.

원력에 영향을 받아 육체에 변화가 생기는 예시는 몇 번이나 보아왔으니까.

이를테면 유사인종들 말이다.

원력을 일으키면 전신에 걸쳐 문신이 나타나는 포스칸.

날개를 거대화 할 수 있는 알테인.

스스로가 속한 종의 특징을 강화하는 수인족.

이들 모두가 시우처럼 원력으로서 육체를 변화시킬 수 있는 능력을 가지고 있었다.

물론 인간인 시우를 유사인종과 비교할 수는 없었지만 원리 자체는 같았다.

시우는 거울을 찾았다.

일단 머리카락이 하얗게 변했다는 것은 알겠는데 전체적으로 어떻게 바뀌었는지 흥미가 생긴 탓이었다.

다행히도 부유한 크란데의 여관답게 방에는 커다란 거울이 배치되어 있었다.

시우는 거울로 자신의 모습을 살피고 흠칫 놀랐다.

원래는 까맣던 시우의 동공이 빨간색으로 물이 들어 있었다. 아니 그것은 별로 상관이 없었지만 동공의 형태가 드래곤이나 고양이처럼 세로로 날카로운 형태를 하고 있었다.

아마 머리가 하얗게 세고 눈이 빨갛게 변한 것은 아이시크의 영혼과 동조하면서 생전 그의 비늘이나 동공과 흡사하게 변화를 거친 모양이었다.

단지 머리카락과 동공의 색이 바뀌었을 뿐인데 인상이 아주 바뀌어 버렸다.

동양인 특유의 생김새는 사라지지 않았지만 지나치며 흘깃 보는 정도로는 시우를 아는 사람이라 하더라도 알아보기 힘들 것 같은 느낌이 들었다.

시우는 한참 동안 거울을 들여다보았다.

검은 머리의 검은 동공이 친숙해 새롭게 바뀐 모습에 적응이 되지 않았지만 가만히 보고 있노라니 백발적안의 새로운 모습도 나쁘지는 않은 것 같았다.

특히 현상수배를 받은 시우의 가장 큰 특징이 검은 머리인 만큼 이 모습을 유지하면 더 이상 사람의 눈을 의식할 필요가 없다는 장점도 있었다.

시우는 검은 머리카락이 들키지 않도록 입고 있던 검은 로브를 벗어던졌다.

긴 여행에 있어서 로브가 필수품이기는 했지만 사실 두터운 로브와 깊게 눌러쓴 후드가 거추장스럽다고 생각한 것이 한두 번 일이 아니었다. 이제야 그 거추장스러운 로브에서 벗어날 수 있다고 생각하니 속이 다 시원할 정도였다.

이 변화는 시우가 원력을 인위적으로 조작하는 동안만 나타나는 특징이었다. 원력이 고갈되거나 원력을 조작하지 않으면 원상태로 돌아오게 되므로 조심해야 할 일이기는 했지만 시우는 별다른 신경은 쓰지 않았다.

시우가 리젠을 유지하는 이상 원력은 고갈되기가 무섭게 회복되는 상태였으니 드래곤 따위와 전투를 벌여 원력을 소모하거나 시우가 원상태로 돌아가길 원하지 않는 이상 변신이 풀리는 일은 없었기 때문이었다.

시우는 의자에 앉아 눈을 감았다. 정신을 집중해야 했다.

아이시크의 원력에 동조해 변신을 한 것까지는 좋은데 아직 드래곤 하트의 제압과정이 전혀 진행되지 않았다.

시우의 아우라가 드래곤 하트를 파고 들어갔다.

드래곤 하트에서 아이시크의 아우라가 흘러나오며 시우의 아우라에 대항하기 시작했다.

두 아우라가 한데 섞여 휘몰아쳤다.

시우가 드래곤 하트의 마력을 제압하는 것은 시간 문제였다.

✦

밤이 새도록 드래곤 하트와 실랑이를 벌인 시우는 드래곤 하트가 지닌 130만 마력의 1할 가량을 손에 넣는데 성공할 수 있었다.

마력 (193,096/193,096) [반지 효과 적용 중.]

실제로 손에 넣은 드래곤 마력은 13만에 해당하지만 원래 시우가 갖고 있던 2만5천 가량의 마력과 최대 마력량을 20% 상승시켜주는 반지 효과가 합쳐져서 시우의 최대 마력량은 19만을 넘어가고 있었다.

이것은 인간으로서 상상을 초월하는 힘이었다.

마력이라는 것은 오랜 세월을 모을수록 그 양이 늘어난다.

마력 감응 능력에 아무리 뛰어난 재능을 타고 태어나도 마력을 모으는 시간은 단축시킬 수가 없다는 것이 정론이자 상식이었다.

그런 상식에서 보자면 시우의 마력은 인간의 수명으로는 평생을 걸려도 모을 수가 없는 마력량이었다.

시우는 그러한 이 세계의 상식을 파괴하고 하룻밤 사이에 막대한 마력을 손에 넣을 수 있었다.

시우는 만족스런 성과에 밝은 표정을 지었다.

드래곤에 비하자면 아직 조족지혈에 불과한 마력이지만 이제 시작이었다.

아이시크의 드래곤 하트에서 마력을 뽑아내 자신의 것으로 만들 방법을 찾았다. 시간만 충분히 주어진다면 나머지 9할의 마력도 손에 넣을 자신이 있었다.

시우는 방을 나서다가 에리카와 마주치고 말았다.

에리카는 눈을 동그랗게 뜨고 시우를 바라보다가 간신히 입을 열었다.

"체슈 오빠? 뭐예요? 그 머리는?"

"나?"

에리카의 뒤를 따라 문에서 나온 리나가 고개를 갸웃거리다가 시우를 발견하고 화들짝 놀랐다.

"체슈가 하룻밤 사이에 할아범이 됐냐?"

시우는 리나의 반응에 얼굴을 찌푸렸다.

나름 새롭게 변한 모습이 마음에 들기 시작해 에리카들의 방응을 기대하고 있었던 탓이었다.

시우의 그런 기분을 가장 먼저 포착한 것은 에리카였다.

"검은 머리가 낫지만 하얀 머리도 나쁘지 않아요."

에리카는 위안이라고 한 말이지만 시우에게는 그 말이 결정타였다.

"그렇게 안 어울려?"

"그야……."

에리카는 쉽게 대답하지 못하고 리나과 시선을 주고받았다.

"검은 머리는 체슈 오빠의 트레이드마크 같은 거니까요. 게다가 저희는 오빠랑 같이 지내면서 검은 머리에 익숙해졌는데 하얀 머리는 낯설다고 해야 할까……."

에리카가 말을 얼버무리는 순간 시우의 맞은편에서 투숙하고 있던 아리에타가 나왔다.

그녀도 시우의 하얀 머리를 발견하고 화들짝 놀라는 눈치였는데 시우는 그래도 알고지낸 기간이 짧은 그녀라면 다르게 느끼지 않을까 기대를 걸었다.

"네가 보기엔 어때?"

"…예?"

"이 머리카락 말이야. 너도 이상하다고 생각해?"

아리에타는 갑작스런 질문에 당황스런 표정을 지었다.

갑자기 머리를 염색한 시우의 모습에 생각을 정리하기도 전에 들은 질문이었기 때문에 생각을 정리할 겨를이 없었다.

"머, 멋있으셔요."

아리에타의 대답에 시우는 만족스런 표정을 지었다.

하지만 그것과 동시에 에리카와 리나의 불평이 터져 나왔다.

"에에? 말도 안 되냐! 체슈하면 당연히 검은 머리냐!"

"오빠 마음에 들고 싶다고 듣기 좋은 말만 해서는 아무런 도움이 안 된다고요?"

아리에타는 그런 리나와 에리카의 반응에 당황하면서도 스스로 한 말을 깨닫고 얼굴을 붉혔다.

"것 봐. 너희가 검은 머리만 봐와서 그렇지 그렇게 나쁘지 않다니까?"

시우는 우쭐해 했지만 에리카와 리나는 더 이상 아무 말도 할 수 없었다.

사실 하얀 머리가 어울리지 않는 것은 아니었다. 앞서 말했듯이 검은 머리가 익숙했을 뿐이었다.

"아, 이제 머리색도 바뀌었겠다 더 이상 로브를 입을 필요는 없으니까."

시우의 말에 리나는 반색했다. 가벼운 차림을 좋아하는 그녀로서 더 이상 로브를 입지 않아도 된다는 말은 반가운 소식이었기 때문이었다.

그것은 리나에게 한정된 이야기는 아니었다.

에리카는 여전히 어딘가 뚱한 표정이었지만 다시 숙소에 들어가 로브를 벗고 나왔다.

시우는 먼저 식당으로 내려가 아침 식사를 주문했다.

이런 여관의 음식이 시우의 음식에 비견될 리가 없었지만 가끔은 요리 걱정 없이 푹 쉬고 싶은 것도 본심이었다.

이렇게 고급스러운 여관이면 어떤 음식이 나올까 궁금하다는 것도 시우의 선택에 한몫 보태고 있었다.

이내 일행이 내려왔다.

아직 잠이 덜 깬 듯 머리가 부스스한 근위기사들과 아리에타를 비롯한 네 명의 여인들.

시우의 하얀 머리를 처음 본 근위기사들과 소라가 눈을 동그랗게 떴다.

참 한결같은 반응에 시우는 고개를 저었다.

소라가 물어왔다.

"그 하얀 머리 원래대로 돌아오긴 하는 거지?"

"원한다면 언제든지."

"그럼 상관없어."

소라가 별 상관없다는 듯 가볍게 넘어가자 에리카와 리나가 투덜거렸다.

소라는 그런 그녀들의 모습에 고개를 저었다.

"너희는 체슈의 겉모습이 그렇게 중요해? 정말 중요한 건 체슈가 누구냐는 거잖아?"

에리카와 리나는 소라의 꾸중에 입을 댓 발이나 내밀고 불만을 드러냈다.

소라가 덧붙였다.

"게다가 원하면 언제든 원래대로 돌아올 수 있다고 하잖아."

결국 소라도 하얀 머리보다는 검은 머리가 마음에 드는 모양이었다.

시우는 소라의 말을 못 들은 체 하면서 부지런히 음식을 날라 오는 종업원에게 시선을 고정시켰다.

주문한 음식은 베이컨과 빵, 치즈와 샐러드, 거기에 수프를 한 그릇씩 주문했다.

시우는 아이템창에서 단도를 하나 꺼내 빵의 옆구리를 길게 잘라내고 베이컨과 치즈 샐러드를 잔뜩 채워 넣어 한 입 크게 베어 물었다.

두꺼운 패티 대신 바삭한 베이컨을 넣은 햄버거 기분으로 만들어 먹었는데 나름 나쁘지 않은 맛이었다. 무역도시라는 이름에 어울리게 음식 재료들이 하나같이 싱싱하고 고급스러워 뭘 해먹어도 맛이 좋았다.

수프조차 향신료가 아낌없이 들어가 있었다.

조금 아쉬운 것이 있다면 값비싼 향신료를 팍팍 쳐 비싼 여관이라는 것을 강조하고 싶었는지 향신료가 너무 들어갔다는 것이었지만 말이다.

그간 시우가 만들어온 음식으로 입맛이 까다로워진 시우 일행에게는 불만족스러운 아침이었다.

시우는 수프를 맛보고 멀찍이 밀어놓은 뒤 햄버거처럼 만든 빵에 타르타르소스를 첨가해보는 등 여러 시도를 해보면서 식사를 마쳤다.

모두 식사를 마친 듯하자 시우가 입을 열었다.

"오늘은 무역도시 크란데에 도착한 김에 앞으로의 여정에 대해서 이야기를 나눠두고 싶은데."

시우는 아리에타를 바라보며 말을 이었다.

"특히 아리랑 근위기사들한테는 내가 왜 페르시온 제국을 목적지로 하고 있는지 미리 말해두고 싶기도 하고 말이지."

시우의 말에 아리에타 일행은 관심을 보였다.

시우는 아직 아리에타 일행에게 왜 페르시온 제국을 향하고 있는지 그 이유에 대해서 말해주지 않았다.

애초부터 페르시온 제국을 향하고 있었던 아리에타 일행으로서는 바라마지 않던 일이었기 때문에 지금까지 불평을 말한 적도 없고 말이다.

그렇기에 아리에타 일행은 처음 시우와 만났을 때 들었던 시우의 변명을 그 이유로 짐작하고 있었을 뿐이었다.

워낙에 현상금 사냥꾼들이 기승을 부려 북부로 가려하는 것이라고 말이다.

체슈의 현상수배지를 배포한 것은 알덴브룩 제국이었다. 그들의 영향력이 미치지 않는 북부라면 현상금 사냥꾼들을 걱정할 필요는 없을 테니까.

그러나 지금까지 그들이 겪어본 시우는 현상금 사냥꾼이나 걱정할 사람이 아니었다.

무려 드래곤 하트로 만들어진 방벽을 칼질 한 번으로 무너트리는 실력자가 고작 현상금 사냥꾼들을 걱정한다는 것이 말이나 된단 말인가?

그래서 아리에타 일행은 시우가 북부로 가려는 이유에 대해서는 어느 정도 의문을 품고 있던 중이었다.

"확실히 말해둘게. 나는 유흥의 신의 성자야. 내 목적은 마신 파일로스의 준동을 막아내는 거지."

시우의 말에 아리에타 일행은 물론 시우와 함께 행동해왔던 세 명의 여인들도 화들짝 놀랐다.

시우는 그녀들의 반응에 쩝하고 입맛을 다셨다.

에리카들하고 미리 입을 맞춰둬야 했나 하는 후회가 들었기 때문이었다.

그러나 이미 저질러 버린 일은 어쩔 수가 없었다.

시우는 계속해서 입을 벌렸다.

"나는 유흥의 신 게임에게 내려 받은 계시에 따라 마신의 세력에 저항해 왔지만 혼자서는 의미가 없다는 것을 절감할 뿐이었어. 그래서 마신의 세력, 알덴브룩 제국의 대항마인 페르시온 제국에 협력하기 위해 북부로 향하는 거야."

시우의 말에 청자들의 반응이 둘로 나뉘었다.

아리에타와 근위기사들은 시우가 북부로 향하는 이유에 대해서 납득하는지 크게 고개를 끄덕이고 에리카를 포함한 세 여인들은 고개를 갸웃하며 이제야 시우의 말에서 이상을 느끼고 있었다.

가장 먼저 시우의 거짓말에 눈치를 챈 것은 에리카였다. 리나와 소라는 그다지 눈치가 좋은 편이 아니라서 '어라? 그럼 세리카는?' 하고 계속 고개를 갸웃거리고 있었다.

시우는 에리카와 시선을 나눴다.

에리카가 살며시 고개를 끄덕이는 것을 확인한 시우는 겨우 안심하고 아리에타 일행에게 이야기를 계속했다.

에리카는 아리에타 일행이 시우의 이야기에 관심을 빼앗긴 사이 리나와 소라에게 귓속말을 하고 있었다. 시우가 하는 말은 거짓말이니 그것을 감안하고 들으라고 말이다.

"하지만 유흥의 신은 헤카테리아에 알려지지 않은 신이야. 아카리나에서도 최남단에 존재하는 작은 교단이라서 헤카테리아엔 그 존재를 아는 사람조차 없었지. 내가 아무리 한 교단의 성인이라고 해도 이름도 알려지지 않은 교단의 성자라는 입지는 너무나도 작은 것이었어. 심지어는 성자라는 사실을 밝혀봐야 자칫 잘못하면 거짓 신을 믿는 이단자로 취급되어 처단될 수도 있는 일이기 때문에 지금까지 숨겨왔을 정도였지. 너희는 이미 내가 한 교단의 성자라는 사실을 들었으니까 정체를 밝히는 거야."

시우의 말에 아리에타는 고개를 끄덕였다.

산적질을 하는 연합국의 패잔병들, 그들이 가진 뛰어난 정보력으로 시우의 뒷조사를 해서 알아낸 정보 중에 하나가 그것이었다.

유흥의 신, 게임의 성자.

귀족 수업으로 교단 따위의 정보에 빠삭한 아리에타도 처음 듣는 신이었으니 시우가 지금까지 정체를 숨겨왔던 것도 충분히 이해를 할 수 있었다.

이 세상에는 정말 많은 신이 존재했고 그 중에는 존재하지도 않는 거짓 신을 만들어내 평민들의 고혈을 빼먹는 악질적인 교단도 있었다.

"내가 여기서 내 신분을 밝히는 이유는 너희에게 도움을 청하기 위해서야. 성자라는 신분은 오해를 일으키기 쉽고, 귀족의 혈통을 가진 것도 아닌 내가 페르시온 제국을 찾아간다고 해서 제대로 된 협력 관계를 가질 수 있을 거라고는 생각하기 힘들었으니까. 어쩌면 신분상의 이유로 대화를 성사시키는 것조차 불가능할 수도 있겠지. 그러니 제대로 된 혈통을 가진 아리, 아니 임펠스의 왕족, 페르미온 아리에타 공주의 이름을 빌려주길 바란 것이야."

이것이 이유였다.

지금까지 시우가 아리에타와 행동을 함께한 이유.

시우가 지금까지 키워온 힘은 그야말로 웬만한 국가의 군사력과 맞먹는 힘이었다. 하지만 시우에게는 제대로 된 신분이 존재하지 않았다.

아무리 힘이 있다지만, 아니 힘이 있기에 더욱 전란이 일어난 지금 적당한 신분을 가지지 못한 시우는 견제를 받을 수밖에 없는 것이다.

혹시나 적이 비밀리에 키운 첩자는 아닐까하고 말이다.

그러니 시우는 페르시온 제국과의 매개로서 왕족의 혈통을 잇는 아리에타의 신분을 이용하기로 마음먹었던 것이었다.

하지만 시우는 아직 아리에타 일행을 믿고 있지 않았다.

아직은 시우의 목적이 단지 세리카라는 한 명의 여인을 구하는 것이라고 밝힐 수는 없었다.

그래서 명분을 만들었다.

마침 연합국과의 접촉으로 인해 아리에타 일행은 시우를 한 교단의 성자라고 믿고 있었다. 덕분에 거짓된 명분을 만드는 것은 어렵지 않았다.

그도 그럴 것이 파괴의 신 파일로스는 삼대주교에서 정식적으로 마신으로 규정했다. 신의 성스러운 뜻을 따르는 성인으로서 마신의 준동에 대항하는 것은 당연한 일이었으니까.

아리에타 일행은 자신들의 정체를 열심히 숨겨왔던 만큼 시우가 아리에타의 성을 알고 있다는 사실에 충격을 받은 듯했다. 시우가 그들의 신분에 대해 생각보다 많은 것을 알고 있다고는 생각했다. 그런데 설마하니 아리에타가 임펠스의 왕족이라는 사실까지 알고 있을 줄이야.

그러나 이해 못할 일은 아니었다.

시우는 이미 연합국과의 접촉에서 스스로 신안을 갖고 있다는 사실을 증명한 바 있으니까. 신의 권능을 이용해서 아리에타의 신분을 알아냈다고 하면 충분히 납득할 수 있는 일이었다.

"그 전에 하나 묻고 싶은 것이 있어."

"…뭐죠?"

"너희는 어째서 페르시온 제국으로 가는 거지?"

시우의 질문에 아리에타는 질린 표정을 지었다.

어쩌면 신의 권능을 가진 시우에게는 아무 것도 숨길 수가 없을지도 모른다는 생각이 들었다. 심지어는 아리에타 일행이 페르시온 제국으로 가는 이유도 이미 알고 있으면서 물어보는 건지도 모른다고 말이다.

아리에타는 더 이상 시우에게 비밀을 지키는 것은 아무런 의미가 없다고 판단했다.

"임펠스를 재건하고 싶어요. 그러기 위해선 페르시온 제국의 도움이 필요해요."

시우는 아리에타의 말을 듣고 고개를 끄덕였다.

시우는 아리에타 일행이 페르시온 제국으로 향하는 목적을 염려하고 있었는데 시우의 생각처럼 방해가 될 것 같지는 않았다.

오히려 그런 이유로 페르시온 제국을 향하는 것이라면 시우의 계획을 진행시키는데 도움이 될 정도였다.

"그럼 이렇게 하는 게 어때? 나는 페르시온 제국이 납득할 만한 신분이 필요해. 너희는 페르시온과의 회담을 진행시키는 동안 신변을 지킬 무력이 필요해. 그러니 내가 너희의 힘이 되어주겠어. 그러니 너희는 나의 신분에 대해서 보장해주지 않겠어?"

시우의 제안은 아리에타 일행들로서는 바라마지 않던 일이었다.

근위기사들의 실력을 믿지 않는 것은 아니지만 시우는 이미 단신으로 알덴브룩 제국군의 기사 일백을 순식간에 전멸시킨 경력이 있었고, 심지어는 드래곤 하트로 만들어진 방벽도 간단히 뚫어버렸다.

이미 그 힘이 인간의 범주를 뛰어넘은 시우와 근위기사들을 비교하는 것은 의미가 없었다.

그러나 아리에타는 시우의 제안에 긴장할 수밖에 없었다.

시우가 원하는 것이 신분의 보장인 만큼 얼마나 높은 신분을 원하는지에 따라서 위험부담이 커질 수도 있었기 때문이었다.

존재하지 않는 귀족의 성을 만들어 쓸 수는 없고, 그렇다고 실존하는 귀족의 성을 가져다 쓰자니 페르시온의 귀족 중에서 시우의 거짓 신분을 알아볼 자가 나타날지도 모르기 때문이었다.

"신분이라면?"

아리에타의 질문에 잠시 고민하던 시우는 가볍게 말했다.

"그냥 근위기사면 충분해. 그게 너와 함께 행동하기에도 편할 테고."

시우는 아직 귀족의 작위 따위에는 아무런 관심이 없었다. 단지 시우가 필요한 것은 왕족의 관계자, 보장된 신분 정도였으므로 평민 출신의 근위기사라는 신분이라도 전혀 상관이 없었다.

아리에타는 그런 시우의 대답에 크게 안심했다.

아무리 페르시온의 귀족들이라도 모든 근위기사들의 이름을 알지는 못할 테니까. 특히 평민 출신의 기사라면 관심은 더욱 멀어지기 마련이었다. 근위기사는 모두 준귀족으로서 성을 하사받지만 세습되지 않는 적당한 성을 붙여다 쓰니만큼 신분을 위조하는 것도 간단했다.

"그럼 이름은 어떻게 할까요?"

원래라면 왕족인 아리에타가 시우에게 새로운 성을 하사하는 것이 옳았지만 특별한 케이스니만큼 아리에타는 시우에게 스스로 성을 만들 기회를 주었다.

시우는 잠시 고민한 뒤 대답했다.

"그럼 성이 체, 이름은 슈인 걸로."

애초에 체슈라는 이름은 최시우라는 이름을 이곳 언어로 발음 나는 대로 옮긴 것이니 체가 성이고 슈가 이름인 것이 취지에 맞았다.

그러나 아리에타를 비롯한 주변 인물들은 시우의 적당한 작명법에 도리질을 쳤다.

"그럼 페르시온 제국에서도 체슈님의 별호를 알게 되지 않을까요?"

"무슨?"

"저기, 그, 검은 머리의 악마나 알덴브룩의 악몽 같
은⋯⋯."

시우의 별호가 가진 뜻이 결코 좋은 의미는 아닌 만
큼 아리에타는 어렵게 말을 꺼냈다. 그러나 시우는 조
금도 신경을 쓰지 않았다.

"그럼 얼마 전에 얻어들은 말을 인용하기로 하지."

"그게 무슨⋯⋯?"

시우는 얼굴 가득 미소를 지었는데 어째선지 분위
기가 가라앉았다.

"본디 악마란 타락한 영혼을 처벌하는 신의 사자라
고. 진정 의로운 자라면 악마를 두려워할 필요는 없
지."

아리에타는 시우의 발언에 곤란한 미소를 지었다.

타인의 입에서 들었을 때는 분명 좋은 말인 것처럼
들렸는데 스스로의 입으로 하니 마치 시비조로 들려
왔기 때문이었다.

이 주인이자 수하의 신분을 가진 사내는 참으로 처
우가 어려운 사람이었다.

"인명 피해가 나오지 않는 선에서, 적당히 부탁드릴
게요."

아리에타는 아직도 알덴브룩 제국군의 기사들이 토

막 나는 장면을 잊을 수가 없었다.

이야기가 어느 정도 정리가 되자 근위기사들, 지미와 크리엣드, 그리고 가터는 시우를 바라보면서 피식 웃음을 터트렸다.

"뭐야. 그 기분 나쁜 웃음은?"

"그야 이제 정식적으로 네가 우리의 밑으로 들어왔으니까 말이야?"

시우는 지미의 말에 고개를 갸웃거렸다.

"그게 뭔 소리야? 내가 왜 너희 밑으로 들어가?"

거기에 대답을 한 것은 노총각 크리엣드였다.

"그야, 너도 이제 근위기사의 일원이잖아? 근위기사로서는 우리가 선임이니 신입인 너는 당연히 우리를 우대해야지."

시우는 그제야 사태를 파악하고 쯔쯧 혀를 찼다.

"으이구 한심한 것들아. 근위기사단장쯤 되는 신분이면 당연히 귀족이 꿰차고 있었을 테니까 신분 위조가 힘들 것 같아 편의를 봐줬더니 그렇게 선후임을 따지고 싶었냐?"

시우의 말에 가터가 인상을 찌푸렸다.

"근위기사단은 왕족의 호위라는 막중한 임무를 띤 무력 조직이다. 당연히 기강이 매우 중요하지."

"그래. 굳이 근위기사뿐만 아니라 어떤 조직에서도 기강이 중요하다는 것은 인정하지. 하지만 그 임무의 특성상 우대를 받아야할 상관의 성격은 다르잖아? 안 그래? 설마하니 가장 오래 근위기사단에 재임해 있었다고 단장이 되는 것은 아닐 것 아니야?"

시우의 말에 세 명의 근위기사들은 인상을 찌푸렸다.

뭔가를 새롭게 배우거나 적응 기간이 필요한 조직들은 그 특성상 오래 재임할수록 대우를 받는 법이다. 오래 그 임무를 맡아왔다는 것은 그만큼 그 일에 대해서 잘 알고 능숙하다는 의미였으니까.

그러나 왕을 호위하는 임무는 이미 능력이 증명된 완성된 자들만을 뽑는다. 그런 자리에서 중요하게 여기는 것은 가진 바 실력이나 신분의 고하였다.

특히 임펠스 왕국과 같은 경우는 실력보다는 배경을 중요시 여겼다.

임펠스의 근위기사단장은 언제나 아우라의 검을 3키(5.4미터)나 뽑아낼 수 있다고 허풍을 떨고 다녔지만 실제로 그가 그만큼의 실력을 보인 적은 단 한 번도 없었다.

기껏해야 8뼘(156센티미터), 그것도 검의 형태로 벼려진 것이 아니라 아우라를 채찍이나 몽둥이의 형태로 뽑아낼 정도의 실력밖에는 가지지 못했다.

그런 그가 임펠스의 근위기사단장이라는 영광스런 자리에 취임할 수 있었던 이유는 그가 호작위=노블 타이거라는 고위 귀족의 혈통을 가진 자작위=노블 해츨링의 귀족이었기 때문이었다.

귀족의 작위 중에서 준귀족인 조작위를 제외하면 가장 낮은 것이 해츨링의 작위였다. 그러나 그것은 아직 작위를 세습 받지 못했다 뿐이지 그의 고귀한 혈통이 사라지는 것은 아니었다. 언젠가는 아버지의 작위, 호작위를 물려받을 그가 근위기사단의 평단원으로 머물기엔 장래가 너무 밝았다.

그렇다고 현재 아리에타의 근위기사인 이 넷 중에서 신분의 고하를 따져봐야 도토리 키 재기에 불과했다. 모두가 평민의 신분에서 실력만으로 근위기사에 뽑힌 준귀족들이었고 여기서 다시 선후임을 따져봐야 이야기가 처음으로 돌아갈 뿐이었다.

결국 이들 사이에서 상급자 하급자를 나눌 잣대는 하나밖에 없었다.

"정 서열을 가려야겠다면 나는 상관없어. 세 명 모두 한 번에 덤벼. 실력의 차이를 그 몸에 새겨줄 테니까."

시우의 말에 근위기사들은 주춤주춤 뒷걸음질을 쳤다.

사실 그들이 시우를 만만하게 여기고 까불고는 있었지만 그것은 시우의 가벼운 성격 탓이었다. 근위기사들도 실력으로 따지자면 그들로선 시우의 발치에도 못 미친다는 것을 뼈저리게 알고 있었다.

"…나는 이만, 상선의 배편이 언제 있는지 알아봐야 해서."

"나, 나는 아리에타님의 호위를! 아리에타님!"

남은 것은 크리엣드 뿐이었다. 시우의 시선이 그를 향했다.

"나, 나도 아리에타님을 호위하러……!"

시우는 가터의 뒤를 쫓아 뛰는 크리엣드의 뒤통수에 대고 외쳤다.

"서열을 정리하고 싶으면 언제든 말만 해!"

그러나 대답은 돌아오지 않았다.

시우는 시큰둥한 표정으로 맥주잔을 기울였다.

맥주는 유난히 고소했다.

이곳은 이런 점이 좋았다.

시우는 전생에서 술을 마셔보지 못했지만 추측은 가능했다. 아마 커다란 공장에서 공동으로 만드는 맥주는 다 맛이 거기서 거기겠지.

맛의 차이라 한다면 회사나 맥주를 만드는 공장의 차이라 할 수 있을 것이다.

그러나 이곳은 지역마다 술의 맛이 미묘하게 달랐다. 톡 쏘는 탄산이 강한 곳이 있는가 하면 그렇지 않은 곳도 있고 고소한 풍미가 강한 곳이 있는가 하면 물을 탄 듯 맹맹한 곳도 있었다.

심지어는 바로 옆에 위치한 여관에만 가도 맥주 맛이 전혀 달라지는 경우도 있었다.

여러 지역의 술맛을 봐온 시우의 평가로 따지자면 이곳, 시우가 머무는 고급 여관, '낙엽의 춤'의 맥주 맛은 5점 만점에 4점을 줄 수 있는 훌륭한 맛이었다.

차갑게 식힌 맥주를 연신 들이켜고 있자니 잠시 후 옷을 갈아입고 내려온 에리카들이 눈에 띄었다.

"어디 가려고?"

"기왕 무역도시에 왔으니까 주변을 둘러보면서 쇼핑이라도 하자는 이야기가 나와서요."

시우는 에리카의 말에 고개를 끄덕였다.

리나는 애초에 가벼운 옷차림을 좋아했다. 그러나 이곳의 의복 문화로 보자면 리나의 옷차림은 제법 독특한 축에 속했다. 아마 그렇게 노출이 심하면서 음란한 느낌이 들지 않는 옷은 구하기가 힘들었을 것이다.

귀족이나 내성에서 사는 부유한 평민들은 굉장히

보수적인 성 문화를 가지고 있었다. 허벅지, 겨드랑이, 쇄골은 물론 손이나 얼굴을 제외한 살결의 노출을 극도로 꺼리는 것이다. 반면 외성으로 나오면 조금 어두운 골목에는 어디서든 여자를 구할 수가 있었다.

덕분인지 노출이 많은 옷=매춘부의 옷이라는 인식이 강해서 무난하면서도 노출이 많은 옷이란 것은 제법 희귀한 것이었다.

그런 리나의 눈으로 보자면 이곳은 보물의 산이었으리라.

열대우림과 인접한 탓에 덥고 습한 이곳의 의복은 기본적으로 노출이 많았고, 그것이 평상복인 탓에 노출이 많아도 디자인 자체는 무난한 경우가 많았다.

그러나 그런 리나의 쇼핑에 어울려 소라와 에리카가 따라다닌다는 것은 시우에게는 의외였다.

본디 알테인이란 종족은 물욕이 없다.

옷도 추위를 막고, 치부만 가릴 수 있다면 무엇이든 좋다는 식이었고 식욕과 수면욕을 비롯한 기본적인 욕구 자체가 인간과는 비교도 안 될 정도로 낮았으니까.

만약 알테인에게 인간과 비슷할 만큼의 욕심이 있었다면 아마 대륙을 지배하는 것은 알테인이 되었을

지도 모를 일이었다.

정령을 이용하면 보석, 마석, 철광을 비롯한 수많은 광물을 원 없이 찾아 캐낼 수 있었고, 그들 자신이 기본적으로 갖춘 원력을 다루는 능력은 인간의 상식을 초월하고 있었으니까.

그러나 알테인들은 조화를 숭상하고 기본적으로 입고 먹고 자는데 부족함이 없으면 아무것도 바라는 것이 없는 종족이었다.

그러니 시우가 의문으로 생각하는 것도 당연했다.

시우는 간신히 알테인들의 특징을 하나 떠올릴 수 있었다.

알테인들은 조화를 숭상한다.

그 대상은 일반적으로 대자연이었지만 그 중에는 그렇지 않은 알테인도 있었다.

대표적으로 세리카가 그랬다.

어려서 날개를 잃고 인간들과 섞여 살아온 세리카는 조화의 대상이 인간이 될 수밖에 없었다. 그런 탓에 인간들과 섞여서 살아온 세리카는 인간다운 알테인으로 자랐고 원력을 다루는 능력이 뛰어나다는 것을 제외하면 인간과 크게 다를 것이 없었다.

이런 것처럼 알테인에게는 주변 환경이 매우 중요했다.

만약 전장에서 살아가는 알테인이 있다면 분노와 광기, 살기와 같은 부정적인 감정에 노출되어 사람을 죽이고 약탈하는 삶밖에는 살지 못할 것이다.

그런 것처럼 알테인의 숲을 벗어나 시우와 함께 생활하기 시작한 소라와 에리카에게도 조금씩 변화가 생기고 있는 모양이었다.

입을 옷과 먹을 음식이 풍족한데 굳이 쇼핑을 하려 하다니.

"돈은 충분해?"

시우가 물어보자 리나가 왼손을 들어 반지를 보였다.

최상급 마석으로 만든 마법도구, 공간압축반지였다.

시우의 아이템창 만큼은 아니었지만 제법 넓은 공간이 허용되어 물건을 수납할 수 있는 사치품.

"아직 마석이 좀 있냐."

시우와 함께 하늘의 기둥에서 채취한 마석들이었다. 이곳이 무역도시인 만큼 평범한 물건이라면 시세가 제법 낮아지지만 마석은 군수물자에 포함되었다.

아마 마석의 시세는 제법 좋을 것이다. 알덴브룩의 전쟁을 준비하는 만큼 수요도 많을 테니까.

"그럼 다행이고. 아리에타는?"

"같이 쇼핑에 가겠냐고 권유해 봤지만 사양하시더라고요. 아마 신분의 노출이 두려워서 외출을 꺼리는 모양이에요."

에리카의 말에 시우는 쯔쯧 혀를 찼다.

하긴 크란데는 다른 어떤 국가나 영지보다 인구 대비 귀족수가 많은 지역이었다. 아무리 귀족이라도 남부와 북부를 오가려면 반드시 크란데를 통행해야 했으니까.

보통 귀족들은 영주성에 틀어박혀 바깥에 나도는 일이 적지만 이곳 크란데의 거리에는 오히려 귀족이 없는 곳을 찾는 것이 어려울 지경이었다.

그 중에는 임펠스의 공주였던 아리에타를 알아보는 귀족이 있을지도 모르니 그녀의 염려도 이해하지 못할 것은 아니었다.

"알았어. 그럼 잘 갔다 와. 귀족과 다투는 일이 생기지 않도록 조심하고."

시우가 맥주잔을 들어 배웅하자 세 여인은 여관을 나섰다.

이내 맥주 두 잔을 전부 비운 시우도 자리를 박차고 여관을 나섰다.

크란데는 무역도시였다.

이곳에서는 시우가 평소에 발품을 팔아서 간신히 구할 수 있었던 식재료들을 간단히 손에 넣을 수 있었고 게다가 가격도 쌌다.

예를 들자면 다른 곳에서 구하려면 한 상자에 50파운드나 하는 후추가 이곳에선 단 17파운드면 구할 수 있었으니 이런 기회를 놓치면 손해였다.

상선의 배편에 따라 크란데에 체류할 기간도 달라지겠지만 기회가 있을 때 둘러보며 살 물건이 있으면 미리 확보해 두는 것이 상책이었다.

아이템창이 있으면 식재료가 상할 걱정도 없으니 이런 점에서 매우 좋았다.

시우는 신이 나서 거리를 맴돌기 시작했다.

처음에는 적당히 필요한 것만 손에 들어오면 여관으로 돌아갈 생각이었는데 시우의 흥미를 끄는 식재료가 제법 많았다.

시우를 가장 흥분하게 만든 식재료는 바로 노란색 콩이었다.

일명 메주콩이라고 불리는 백태.

메주를 만드는데 쓰이는 콩인 만큼 이것이 있으면 지금까지 생각만 해왔던 고추장, 된장, 간장을 만들 수 있고 두부를 만들어 먹을 수도 있었다.

시우는 내친김에 평소 생각했던 음식의 식재료들을

하나하나 전부 구해갔다.

이를테면 배추김치를 만들기 위한 배추포기, 빨간 고추, 각종 젓갈과, 귀족들 사이에서도 최고의 사치품인 굴 등 감칠맛까지 고려해서 식재료를 엄선했다.

굴을 구입하는 과정에서 생각지도 못한 지출이 생기고 말았지만 시우는 신경 쓰지 않았다.

시우의 아이템창 속에는 하나에 500파운드의 가치를 하는 최상급 마석이 수천 개나 쌓여있었다. 마석을 판매할 수만 있다면 시우는 웬만한 상인길드 못지않은 자금을 손에 넣을 수 있었다.

시우는 가진 돈을 전부 쓰고 내친김에 마석을 처분하기 위해서 크란데의 마법사 길드를 향했다.

크란데의 마법사 길드는 다른 곳에 비해서 유난히 거대했다.

원래 마석이란 것은 쉽게 구할 수 있는 물건이 아니었다.

보석과 마찬가지로 지하에 매장된 원석을 발견해 제련을 거쳐야 했다.

크란데의 인근에는 그러한 마석 광산이 존재하지 않지만 유통되는 마석양이 기이할 정도로 많았다.

남부, 혹은 북부로 여행을 떠나는 귀족들이 금화를

들고 다니는 것은 부피도 크고 무거우니까 마석과 보석을 화폐 삼아 들고 다녔던 것이다. 그러한 마석은 대부분이 크란데의 마법사 길드로 흘러들어갔다.

무역 시설이 발달된 크란데에서는 마법도구 제작=수익이었다. 당연히 마법사 길드에선 더욱 많은 마법도구를 제작하기 위해서 마석을 구입하려 했고 또한 다른 지역에 비해서 마석을 구하는데 어려움도 없었다.

게다가 크란데의 마법사 길드에서 활동하면 돈이 된다는 소식을 듣고 방문한 마법사들이 모여들었고 그것은 자연스럽게 마법사 길드의 상향평준화로 이어졌다.

다른 마법사 길드에서 만든 것보다 크란데의 마법사 길드에서 만든 마법도구가 양도 질도 심지어는 가격조차도 더 좋았으니 크란데의 마법사 길드하면 누구나 알아주는 하나의 브랜드로 대륙에 자리를 잡았다.

이미 한 차례 묘인족이 들렀다 가면서 상급 마석을 수백 개나 구입한 크란데의 마법사 길드는 그 뒤를 이어 방문한 하얀 머리 청년이 최상급 마석을 처분하고 싶다는 말에 기쁜 비명을 내질렀다.

시우는 500개의 최상급 마석을 처분했다.

사실은 아이템창에 있는 최상급 마석을 전부 처분하고 싶은 것이 본심이었지만 시우는 자제했다.

겉으로 보이는 모습만 보아서는 알덴브룩 제국은 아직 크란데에 아무런 강제력을 행사하지 않는 모양이었는데 만약 그렇게 될 경우 크란데의 마법사 길드에 팔아넘긴 마석은 그대로 알덴브룩 제국의 군사력이 될 수 있는 문제였기 때문이었다.

시우가 가진 수천 개의 최상급 마석은 금전적 가치만으로 부유한 국가의 국고에 해당했고 그것을 통해 마법병기를 만든다고 한다면 수백 개의 기사단 및 마법사단에 해당하는 군사력이었다.

수아제트의 탑에서만 이토록 많은 마석을 확보했으니 복수 개체의 드래곤들이 알덴브룩에 제공한 마법병기의 수가 얼마나 될지는 파악조차 어려웠다.

시우는 마석을 판매한 대금으로 무려 25만 파운드를 받아 아이템창에 챙기며 마법사 길드를 빠져나왔다.

실제로 대금을 수령하고 나니 오히려 너무 많이 판 건 아닐까 하는 생각이 들 정도의 거금이었지만 시우는 고개를 흔들며 생각을 떨쳐냈다.

시우는 낙엽의 춤 여관으로 돌아가면서 문득 아직 크란데에서는 수색 활동을 하지 않았다는 것을 떠올렸다.

시우는 루리와 로이 그리고 리네와 수아제트의 탑을 찾기 위해 남부 전역을 돌아다니며 바람의 정령으로서 수색을 하고 다녔지만 크란데는 어제 처음으로 방문한 것이었다.

시우는 아이템창에서 쉬고 있을 바람의 최고위 정령인 신령 리카를 소환해서 수색을 명령했다. 그러나 딱히 기대를 품지는 않았다. 만약 루리나 로이가 전란을 피해 크란데까지 도피에 성공했다고 한다면 아마 벌써 상선을 타고 북부로 넘어갔을 테니까.

그러나 리카가 가져온 소식은 그러한 시우의 추측을 산산조각 냈다.

"찾았어요."

루리와 로이가 크란데에 있었다.

✤

리카의 안내를 받아 루리와 로이가 있다는 곳으로 걸음을 옮긴 시우는 영주성보다도 화려하고 거대한 건축물에 눈살을 찌푸렸다.

그곳은 크란데의 상인길드 마스터가 생활하는 거처였다.

크란데는 자치도시였다.

영주는 물론 왕의 통치에서도 벗어난 크란데의 형태는 어쩌면 지금 이 시대에서 가장 민주주의에 가까운 형태일지 몰랐다.

그러나 그렇다고 해서 크란데가 정말 민주주의인가 하면 그것도 아니었다.

크란데는 자치도시였지만 그 이름이 무색하게 통치자가 있었다.

무역왕 프란드.

평민 출신의 그는 젊어서 돈을 벌기 위해 이곳 무역도시 크란데를 찾아왔고 노상으로 시작해 무역을 거치면서 막대한 재산을 손에 넣어 자수성가한 입지전지적 인물이었다.

자치도시 크란데에서는 신분이 중요하지 않았다. 혈통이 무가치한 크란데에서 최고로 치는 가치는 바로 금력이었다.

돈이 많은 자가 더 많은 땅과 건물을 소지하고, 돈이 많은 자가 더 많은 병사를 보유하고, 돈이 많은 자가 더 많은 권력을 가지는 곳이 바로 크란데였다.

그런 곳에서 가장 많은 재산을 지닌 프란드가 크란데의 통치자가 되는 것은 매우 당연한 일이었다.

그는 이곳 크란데라는 작은 나라의 왕으로서 군림했다.

루리와 로이는 바로 그런 프란드의 성 안에서 생활하고 있다고 한다.

설마하니 루리와 로이가 지난 2년 사이 실력을 쌓아 마법사 혹은 기사로서 프란드에게 고용되지는 않았을 테니 아마 노예로서 붙잡혀 있는 모양이었다.

시우는 프란드의 성을 지키는 성벽을 쓰다듬었다.

크란데의 성벽에 설치되어 있던 드래곤 하트의 갑절은 되는 듯한 마력이 프란드의 성벽을 타고 흐르고 있었다. 물론 시우의 실력이라면 이것조차 깨부수고 침입하는 것이 가능했지만 문제는 성벽 내에서 느껴지는 드래곤 하트가 복수 존재한다는 것이었다.

과연 무역왕이라는 별호는 괜히 붙은 것이 아닌지 일반적인 국가의 수배에 이르는 드래곤 하트를 소유하고 있었다.

지금은 대륙 남부를 통일한 알덴브룩 제국도 불과 1년 전에는 2개의 드래곤 하트밖에는 없었는데 말이다.

아마 성벽 내부에서 느껴지는 존재감은 용기사인 모양이었다.

용기사가 타고 다니는 드래곤과 전략병기 드래곤 소드에서 느껴지는 드래곤 하트들.

그 숫자를 파악하니 무려 4명이나 되는 용기사가 프란드의 성 안에 거주하고 있었다.

시우는 아직 용기사는커녕 드래곤 소드도 본 적이 없었다.

용기사의 전투력은 각각이 첫 동면을 마친 드래곤에 필적한다는 정보를 서적을 통해 알고 있을 뿐 진정 그들이 가진 능력이 얼마나 되는지는 시우도 알지 못했다. 만약 서적을 통해 접한 정보가 사실이라고 한다면 프란드의 성 내에는 네 마리 드래곤이 거닐고 있다고 보는 것이 옳았다.

시우는 일단 낙엽의 춤 여관으로 돌아가 쇼핑을 마치고 돌아온 세 여인과 함께 아리에타 일행을 한 자리에 모았다.

"페르시온 제국에 가기 전에 한 번, 예행연습을 해 봐야겠어."

시우는 아리에타 공주의 신분을 이용해 보기로 생각을 정리했다.

"예행연습이라니요?"

아리에타의 얼굴이 불안으로 물들었다.

안 그래도 신분이 노출될까 외출도 삼가고 있었는데 어쩐지 좋지 않은 예감이 느껴졌기 때문이었다.

시우는 잠시 뜸을 들이다가 입을 열었다.

전란으로 헤어졌던 식구가 프란드의 성에 노예로 붙잡힌 것 같다는 이야기.

그리고 프란드의 성에 입장하기 위해 아리에타의 신분을 이용하고 싶다는 이야기.

"프란드라면 무역왕 프란드를 말씀하시는 건가요?"

시우가 고개를 끄덕이자 아리에타는 굉장히 곤란한 표정을 지었다.

되도록 페르시온 제국에 도착할 때까지는 신분을 노출하고 싶지 않은 것이 아리에타의 본심이었다. 그러나 그렇다고 시우에게 식구를 포기하라고 말할 수도 없었다.

아무리 시우가 아리에타의 근위기사 신분을 자처했다고는 하지만 엄연히 아리에타는 시우에게 신변을 의탁한 상태였다. 시우의 도움이 아니었으면 크란데에 입국 심사를 받는 과정에서 곤욕을 면치 못했을 것이다.

그것이 아니더라도 애초에 시우와 만나지 못했다면 알덴브룩 제국군의 기사들에게 목숨을 잃었을 것이고, 설사 살아남았다 하더라도 이토록 편한 여정을 할 수 있을 거라고는 생각도 하기 힘들었다.

아리에타에게 시우는 생명의 은인, 그 이상의 존재였다.

그러나 아리에타는 쉽게 그러겠다고 대답을 할 수가 없었다.

시우를 만나기 전, 아리에타는 한 상인에게 신분이 노출된 적이 있었다. 그는 아리에타를 한 눈에 알아보고 호의적인 태도를 보였지만 결국은 그녀를 독으로 마비시키고 노예로 팔아넘기려고 꾀를 썼다.

다행히도 아리에타에게는 성석으로 만들어진 해독의 성법도구를 가지고 있었고 그 탓에 음식에 독을 탔다는 사실을 알아챌 수 있었다.

아리에타는 아직도 그 순간을 떠올리면 아찔했다.

만약 아리에타에게 해독 수단이 없었다면?

상인의 호의에 마음을 놓았던 아리에타와 근위기사들은 그의 술수에 넘어갈 수밖에 없었을 것이다.

하물며 그깟 상인과는 비교도 안 될 무역왕 프란드에게 스스로 신분을 밝힌다고?

아리에타의 뇌리에는 좋지 않은 결말밖에 떠오르지 않았다.

한참 동안 고민하던 아리에타는 결연한 표정으로 고개를 끄덕였다.

지금까지 아리에타는 시우에게 도움만 받아왔다. 이제야 겨우 시우의 은혜를 되갚을 기회가 찾아왔는데 자신의 신변만 걱정해 모른 척 할 수가 없었다.

시우는 고개를 끄덕이면서도 표정이 어두운 아리에타의 모습에 그녀를 안심시키려고 노력했다.

시우의 논리는 이러했다.

크란데를 통치한다고는 해도 프란드는 상인이다.

상인은 이해득실을 정확히 따지는 족속들이니 시우 일행을 적대하는 것이 얼마나 큰 손해를 보게 될 지 명확히 짚어주면 될 거라는 이야기였다.

아리에타가 이해하지 못하고 고개를 갸웃거렸다.

"우리를 적대하면 어떻게 되는데요?"

"글쎄? 어떻게 될까? 후후후……."

시우는 명확한 대답을 회피했지만 아리에타는 그 어떤 대답보다 명확한 느낌을 받았다.

일단 아리에타가 시우의 부탁을 들어주기로 결정이 나자 시우는 내일 날이 밝으면 쇼핑을 나가자고 이야기를 정리했다.

그 말에 아리에타는 다시 주눅이 들었다.

아리에타는 현재 신분을 감추기 위해서 평범한 복장을 하고 있었다. 하지만 신분을 감춘다는 이유가 전부는 아니고 여비가 거의 다 떨어졌다는 원인이 가장 컸다.

임펠스에서 갖고 왔던 여비의 대부분을 실비앙 왕국에서 도망쳐 나오는 과정에서 잃어버린 아리에타는 몸에 지닌 장신구, 드레스 등을 팔아 여비를 마련할 수밖에 없었다.

이번에 근위기사가 알아본 상선의 승선료도 일인당 무려 500파운드나 받는다고 했다. 원래는 기껏해야 100파운드밖에는 받지 않았었는데 이번 전란의 영향으로 가격이 대폭 상승했다고 한다.

대충 헤아려본 결과 현재 남은 여비로는 네 명분의 승선료나 지불할 수 있을지 알 수 없는 마당이었다.

시우는 아리에타의 복장을 왕족답게 꾸미자고 꺼낸 얘기였지만 그럴 돈이 없었던 것이다.

아리에타가 그런 걱정에 대해서 이야기를 꺼내자 시우는 피식 웃음을 터트렸다.

"고작 그런 문제야? 돈 걱정은 하지 마. 이렇게 보여도 제법 갑부니까 말이야."

아리에타는 여전히 주눅이 든 채로 고개를 끄덕였다.

✤

이튿날 아침, 날이 밝자 시우는 아리에타를 동행하고 여관을 나섰다. 뒤늦게 깨어난 근위기사들이 소란을 피우며 아리에타의 뒤를 쫓았다.

공주가 외출을 하는데 근위기사를 두고 가는 것이 말이나 되냐며 시우에게 따졌지만 시우는 이제 본인도 근위기사라는 말로 항의를 일축할 뿐이었다.

시우는 아리에타를 이곳저곳으로 끌고 다니며 옷과 장신구를 골라주었다.

의복은 고급 원단을 구입해 재봉사에게 드레스의 제작 의뢰를 넣었다.

재봉사는 처음에 제작 기간을 무려 한 달이나 불렀지만 시우가 돈주머니를 찔러주자 보름, 일주일로 줄어들더니 결국 4일까지 축소할 수 있었다.

시우는 최대한 시간을 아끼고자 바로 장신구를 마련하러 가자고 아리에타를 재촉했다. 아리에타는 드레스가 만들어진 후에 거기에 맞는 장신구를 구입해야 한다고 주장했다.

의복이나 장신구 따위에 조예가 없는 시우로서는 모든 선택을 아리에타에게 떠넘겼다.

시우는 아이템창에서 반지 하나를 꺼내 아리에타에게 내밀었다.

"이게 뭐에요?"

"공간압축반지. 크란데의 마법사 길드에서 만든 마법도구는 명성이 자자하니까 제법 공간이 넓을 거야."

시우는 대충 아리에타에게 공간압축반지의 사용법을 알려준 뒤 손을 잡았다.

시우의 갑작스런 행동에 아리에타는 얼굴을 붉혔다.

"저, 저기……."

그러나 시우는 그런 아리에타의 감정에는 상관하지 않았다.

"이제부터 여기에 돈을 쏟을 테니까 잘 받아두라고."

"예?"

아리에타는 순간 시우의 말을 이해하지 못했다.

그러나 잠시 후 시우의 손에서 쏟아지는 금화의 폭포에 정신을 차릴 수밖에 없었다.

금화가 아리에타의 손에서 넘치며 흘러내리고 있었다.

"아아앗!"

아리에타는 겨우 공간압축반지를 작동시켜 금화를 반지에 담을 수 있었다.

"이, 이게 전부 얼마나……?!"

아이템창에 남은 금화의 잔량을 확인한 시우가 대답했다.

"대충 10,000 파운드 정도 되려나?"

"10,000 파운드요?"

아리에타는 만 파운드나 되는 거금을 가볍게 말하는 시우의 모습에 질리고 말았다.

평민인 시우에게 도대체 이런 거금이 어디서 났을까 싶었다.

"이거면 충분하지?"

"예?"

"드레스랑 장신구 값 말이야."

"추, 충분해요."

충분하다 못해 넘친다.

시우는 아리에타의 대답에 고개를 끄덕이며 문득 떠올랐다는 듯 말했다.

"아, 그리고 이제부터 날 부를 때는 존칭을 생략해. 나도 사람들이 보는 앞에서는 널 공주님이라 부를 테니까."

"어째서요?"

"난 이제 네 근위기사야. 공주가 근위기사에게 존칭을 쓰면 이상하잖아?"

아리에타는 시우의 말에 고개를 끄덕였지만 여전히 곤란한 표정을 짓고 있었다.

"…존칭을 생략하라 하시면, 뭐라고 불러야 하죠?"

"뭐 편할 대로 불러. 체슈라고 하면 풀 네임이 되어 버리니 그냥 슈라고 부르던가."

"슈요?"

시우는 아리에타의 발음을 듣고 있다가 발음을 교정해 보았다.

"따라해 봐. 시."

"시."

"그리고 우."

"우."

"붙여서. 시우."

"시우."

시우는 아리에타의 발음에 밝게 웃으며 고개를 끄덕였다.

만족스러운 발음이었다.

"그래. 앞으로는 나를 시우라고 불러."

아리에타는 시우의 본명을 몇 번이나 되뇌면서 그것을 기억에 담았다.

드레스가 완성되자 아리에타는 그 당일 바로 장신구들을 마련하고 시우는 근위기사들을 시켜서 마차를 마련했다.

시우가 지금까지 접해왔던 투박한 짐마차가 아니라 귀족들이 타고 다니는 용도로 만들어진 승용마차.

준비가 끝나자 시우와 세 명의 근위기사들은 마차를 둘러싸 사방을 호위했고 아리에타와 세 여인은 마차에 올라탔다.

근위기사들이 고용한 마부는 마차를 몰아 프란드의 성으로 향했다.

문을 지키고 있던 두 명의 경비병 중 하나가 외쳤다.

"멈추시오! 큐란 프란드 경의 성에 방문한 목적과 신분을 밝히시오!"

경비병의 말투는 제법 공손했다.

시우와 세 명의 근위기사들은 제법 깔끔하고 튼튼한 전신갑주를 차려입은 상태였고 아리에타가 타고 온 마차도 결코 값싼 물건은 아니었기 때문이었다.

갑주에도 그렇고 마차에도 신분을 나타내는 아무런 표식이 달려있지 않다는 것이 수상하긴 했지만 상대의 신분이 결코 낮을 거라는 생각은 들지 않았다.

시우의 금력이 빛을 발하는 순간이었다.

시우가 한 걸음 앞으로 나서며 외쳤다.

"큐란 프란드 경에게 기별을 넣어주시오. 이 마차에는 임펠스의 혈통을 잇는 페르미온 아리에타 공주님이 타고 계시오."

시우의 발언에 경비병들은 서로 시선을 나누며 곤란한 표정을 지었다.

임펠스의 공주라니?

임펠스는 이미 망하지 않았던가?

"신분을 증명할 수단은 있소이까?"

경비병으로서는 그들의 주군에게 기별을 넣기 전에 방문자의 신분을 확실히 할 필요가 있었다.

그러나 시우는 경비병의 질문에 다짜고짜 원력과 마력을 아울러 모든 내력을 피워 올렸다.

시우의 원력은 이미 436포인트에 올라 있었고 지난 4일간 드래곤 하트의 마력도 50만 가량을 지배한 상태였다.

그 막대한 기운에서 그칠 것이 아니라 시우는 칭호도 드래곤 슬레이어로 변경했다.

드래곤 슬레이어의 칭호 효과는 카리스마가 대폭 상승하는 것이었다.

여기서 말하는 카리스마는 권위적 기운을 뜻했다.

어떠한 분야에 있어서 정점을 찍은 자들만이 풍기는 그 분야 절대의 아우라.

그것이 시우의 분위기를 결정짓고 있었다.

"네놈들이 감히 본국의 혈통을 무시하는 것이냐?"

시우는 짐짓 화난 척 나직하게 내뱉었다.

그러나 경비병들로서는 시우의 질문에 대답을 할 수가 없었다.

시우의 전신에서 풍겨오는 기운이 얼마나 강렬한지 숨조차 제대로 쉴 수가 없었으니까.

그들은 숨이 넘어가는 와중에서도 그게 아니라고 필사적으로 변명을 내뱉으려 했지만 시우의 기세가 가라앉을 낌새는 없었다.

오히려 기운은 그 끝을 모르고 점점 강해지고 있었다.

프란드의 내성에서 소란이 일어났다.

이렇게 대놓고 적의를 뿜어대는데 용기사란 작자들이 느끼지 못할 리가 없었다.

시우는 네 기의 용기사가 날아오르는 것을 확인하면서 기세를 갈무리했다.

무력시위는 이걸로 충분했다.

용기사들이라면 아마 시우가 가진 힘이 얼마나 큰 것인지 절실히 깨달았을 것이다.

시우가 기세를 거둔 이상 그들도 다짜고짜 공격해오지는 않겠지. 시우와 싸우면 그들 중 반수 이상은 반드시 죽게 될 테니까.

✤

크란데의 통치자, 스스로에게 큐란이라는 성을 하사한 무역왕 프란드는 골머리를 앓고 있었다.

한 달 전, 알덴브룩의 외교관이라는 자가 프란드의 성에 방문했다.

그는 놀랍게도 호위를 한 명도 두지 않고 프란드를 찾아왔다.

처음에는 이게 무슨 경우인가 고개를 갸웃거리던 프란드는 놈의 정체를 듣고 나서 정신이 아찔해졌다.

알덴브룩 제국은 무려 드래곤이라는 작자를 외교관으로 크란데에 파견한 것이었다.

놈은 브로딕스라는 이름의 드래곤이었는데 인간으로 둔갑한 상태였기 때문에 스스로 정체를 밝히기까지 전혀 알아볼 수가 없었다.

브로딕스는 알덴브룩의 외교관으로서 요구했다.

크란데에 유통되는 군수물품의 수출을 제한하고 북부에서 들이는 군수물품의 수입량을 증가시켜라. 즉 크란데를 이용해서 전쟁을 준비하겠다는 말이었다.

물론 브로딕스는 통상 시세를 상회하는 가격으로 구입하겠다고 호언했지만 지금은 전란이었다.

군수물품의 가격은 이미 브로딕스가 말하는 통상 시세를 월등히 뛰어넘은 지 오래였기 때문에 군수물품을 수출하지 않고 알덴브룩으로 흘리는 것은 프란드에게 있어 뼈아픈 손실이었다.

게다가 알덴브룩 제국의 언급하는 군수물품의 종류가 너무 폭 넓었다.

금속, 식량, 마석에 마법도구, 심지어는 노예까지 전쟁에 이용할 수 있는 모든 물품을 수출하지 말라고 하니 프란드로서는 답답할 수밖에 없었다.

알덴브룩 제국이 남부를 통일한 시점에서 어느 정도의 강제는 있을 것이라 추측하고 있었지만 설마하니 이렇게 나올 줄 몰랐던 프란드는 협상을 진행하려 했다.

알덴브룩 제국의 뜻을 따르기는 하겠으나 통제를 완화시켜달라고 말이다.

그러나 드래곤은 융통성이 없었다.

그는 그저 이 말을 전하라고 명령받았을 뿐 협상을 진행할 능력이 없다고 말이다.

사실상 드래곤을 외교관으로 쓴 시점에서 알덴브룩 제국 측에 협상을 할 생각이 없다는 것을 프란드는 알고 있었다.

브로딕스는 마지막으로 인물화가 그려진 몇몇 서류를 내밀며 말했다.

"파일로스의 뜻에 저촉되는 인간들이다. 북부로 가기 위해선 반드시 크란데를 거쳐야 하니 이들을 발견한다면 반드시 보고하도록. 혹시 모르지, 이들의 신변을 확보해 넘긴다면 무역 통제 품목을 완화해 줄지도."

드래곤은 명령과 같은 요구를 쏟아놓고는 그대로 마법을 이용해 사라졌다.

그 후 프란드는 알덴브룩 제국의 황제 데모트리 드미트리스에게 서신을 넣어봤지만 마음에 드는 답변은

받을 수가 없었다.

크란데는 평소와 다르지 않았지만 프란드는 이 상황이 안타까워 미칠 것만 같았다.

원래 이 전쟁통을 이용하면 평소의 수십 배에 이르는 수익을 창출해낼 수 있었다. 그것이 이 빌어먹을 무역 통제 때문에 현상 유지밖에 못하고 있으니 상인으로서 열불이 나지 않을 수 없었다.

밀매매도 생각해보지 않은 것은 아니었지만 브로딕스가 정말 알덴브룩으로 돌아갔을지, 아니면 남아서 감시하고 있을지도 알 수 없는 마당에 도박은 할 수가 없었다.

프란드가 머리를 쥐어뜯는 순간 엄청난 기세가 프란드의 성을 덮쳐왔다.

전에 방문했던 드래곤 브로딕스와는 비교도 할 수 없는 엄청난 기운이었다.

설마하니 브로딕스가 아니라 성룡 베네모스가 직접 방문하기라도 한 것일까?

병사 하나가 급급하게 프란드의 집무실에 뛰어 들어오며 외쳤다.

"임펠스의 왕족이 찾아왔습니다!"

프란드의 시선이 탁자에 올라와 있는 서류로 향했다.

임펠스의 혈통, 페르미온 아리에타.

그녀가 알덴브룩의 명부에 올라 있었다.

✦

시우는 용기사들의 견제를 받으며 지루하다는 태도로 팔짱을 끼고 있었다.

용기사들은 그런 시우의 태도가 마음에 들지 않는지 눈살을 찌푸렸다. 그러나 아무도 시우에게 시비를 걸거나 방심을 하는 자는 없었다.

시우에게서 풍겨오던 막대한 기운. 그것은 인간이 가질 수 없는 기운이다. 적어도 용기사들은 지금까지 그렇게 생각해왔다.

그런 상식 파괴적인 힘을 가진 시우를 용기사들이 얕볼 수 있을 리가 없었다.

적어도 더 이상 적대적인 태도를 취하지 않기 때문에 일단 대치 상태를 이루고 있었지만 만약 서로 싸우게 된다면 결사를 각오해야 했다.

그런 탓에 용기사들은 드래곤의 위에서도 내리지 않은 상태였다. 언제든 시우의 태도가 변하면 날아올라 상대할 수 있도록 긴장을 늦추지 않았다.

시우는 그런 용기사들의 파트너를 보았다.

용기사들이 타고 있는 드래곤들은 머리부터 꼬리까지의 신장이 2~3미터쯤 되었다.

서적으로 쌓아온 지식으로 가늠해보면 부화한지 대략 10년에서 20년쯤 된 드래곤인 모양이었다.

시우는 놈들 중 하나를 타겟팅해 보았다.

드래곤 리타 Lv.17

올해로 태어난 지 17년이 된 유룡(幼龍)=해츨링 드래곤(Hatchling Dragon). 북부의 소국 아타리에서 국가 차원의 드래곤 사냥을 지원, 사냥에 성공한 드래곤 치에리드의 드래곤 티어를 큐란 프란드가 거금을 들여 수입해왔다. 용기사의 파트너로 선택된 드래곤은 용기사가 소속된 국가 및 조직의 성향에 따라 길들이는 방법이 다르다. 억압, 협박, 회유, 우정 등. 크란데에서 나고 자란 리타의 경우 하나의 인격체로 인정받으며 나름대로 만족스런 대우를 받고 있다. 드래곤인 리타의 성격이 가벼운 이유는 이러한 환경 탓이 클 것이다.

생명력 (227/227)

마력 (45,002/45,419)

'드래곤의 레벨이 고작 17?'

시우는 아무리 어려도 드래곤은 드래곤이라고 긴장을 하고 있다가 레벨을 확인하고 고개를 저었다.

레벨은 육체능력의 수준을 나타내는 것이기 때문에 드래곤에게는 최대 마력량이 중요하겠지.

그러나 붉은 비늘이 인상적인 드래곤 리타의 최대 마력량은 고작해야 45,000에 불과했다.

아무리 드래곤이라도 최대 마력량=마력을 쌓기 시작한 세월이라는 공식에서는 벗어날 수 없으니 당연한 일이었다.

어쩌면 고작 17살의 나이로 저만큼이나 마력을 모았으니 과연 드래곤이라고 감탄을 해야 할지도 몰랐다.

저 정도의 마력량을 모으려면 평범한 마법사의 기준으로 60년은 필요했으니까.

시우가 지금까지 만난 마법사 중 가장 뛰어난 재능을 타고 태어난 돈 루카도 50세의 나이로 겨우 57,000포인트의 마력을 모았으니까.

어찌되었든 63만 포인트의 마력을 보유한 시우의 상대는 아니었다.

아직 어린 유룡들은 그냥 용기사들의 탈 것, 혹은 평범한 마법사 정도의 기준으로 봐도 아주 틀린 것은 아닐 것이다.

시우가 진정 걱정해야 할 상대는 그 유룡들을 타고 다니는 용기사들이었다.

하나하나가 소라와 비견되는 실력을 가진 익시더들 이었다.

인간이 알테인들 중에서도 천재 소리를 듣는 소라 와 비슷한 실력을 가지고 있다는 것은 정말 대단한 것 이었다. 물론 그만큼 오랜 시간의 수련을 필요로 했기 때문에 용기사들의 얼굴에는 하나같이 세월의 흔적이 가득했지만 말이다.

대충 그들을 타겟팅해보니 그들의 출신이 참으로 다양했다.

용병, 망국의 기사, 해적, 현상금 사냥꾼.

모두 돈을 목적으로 크란데에 모여 프란드에게 고 용된 실력자들이었다.

시우는 마침내 그들의 주력무기인 드래곤 소드를 타겟팅했다.

드래곤 소드 바하메트

공격력 4,321

내구력 (422/422)

특수 효과– 드래곤 본. 드래곤의 뼈를 깎아 만든 검

은 세실강과 비교해도 결코 뒤지지 않는 내구력과 공격력을 자랑한다. 이가 나가거나 부러지더라도 마력을 공급하면 원상복구가 가능하다.

특수 효과— 탐욕의 염화. 드래곤 하트에서 기인하는 막대한 마력으로 각인된 설치 마법은 드래곤의 공격 마법에 필적한다. 한 번 인화되면 마력이 전부 소모되기까지 결코 꺼지지 않는 마법의 불길이 타오른다. 남은 사용 횟수 : 6회.

설명— 드래곤 치에리드의 뼈로 만든 바하메트는 붉은 빛이 도는 검이다. 바하메트를 만드는데 사용된 드래곤 하트는 치에리드의 것으로 무려 120만 마력 포인트를 품고 있다. 크란데의 통치자 큐란 프란드의 막대한 금력으로 제작된 바하메트는 용기사 존 휴가가 소지하고 있다.

과연, 하고 시우는 고개를 끄덕였다.

사용 횟수가 한정되어 있다고는 하지만 드래곤의 공격 마법을 여섯 번이나 쓸 수 있다니 전략병기라는 이름에 어울리는 능력이었다.

드래곤이 정말 무서운 이유는 수아제트의 악몽 마법, 아이시크의 시간 동결 마법처럼 신의 권능에 가까운 특기 마법에 있었지만 이러한 마법은 150에서 200

살의 나이를 먹지 않으면 사용할 수 없다.

기본적으로 이 세계의 이치와 법칙을 부수는 능력을 사용하기 위해선 그만큼 많은 마력의 소모를 요구하기 때문이었다.

그러나 반대로 말하면 특기 마법을 익히지 못한 젊은 드래곤은 드래곤 소드만으로 충분히 상대가 가능하다는 이야기였다.

그럼에도 불구하고 용기사를 이용해 드래곤 사냥을 하지 않는 이유는 600년 드래곤 하트(120만 마력)의 드래곤 소드를 동원하더라도 겨우 250년 드래곤 하트(50만 마력)를 마련하는 것이 최선이었으니까.

드래곤 사냥이라는 것은 영지 및 국가에 있어 잠재적인 위협이 되는 드래곤을 제거한다는 명목이 있었지만 기본적으로는 드래곤 하트에 대한 욕심이 그 동기였다.

확실하게 적자가 될 것을 알면서도 용기사를 동원할 통치자는 없었다.

게다가 용기사는 전쟁 억지력을 가진 존재였다.

고작 드래곤 하트에 눈이 멀어서 용기사를 사냥에 지원했다가 그 사이 국가가 전쟁으로 사라지면 본말전도였다.

그런 의미에서 시우가 책으로 접한 '용기사의 전투력은 첫 동면을 마친 드래곤에 필적' 한다는 정보는 제법 정확한 평가였다.

시우는 타겟팅으로 정리한 용기사들의 전투력을 판단으로 머릿속에서 시뮬레이션을 해봤다.

지금 시우가 체내에 지닌 63만 마력이면 적어도 3발의 공격 마법은 상쇄할 능력이 있었고, 마력을 전부 소모한다 하더라도 시우가 장비한 방어구의 마법 방어력과 1,700포인트에 이르는 생명력이라면 3~4발의 공격 마법은 맨몸으로 버텨낼 수 있었다.

거기에 더해 지금 착용중인 귀걸이를 기합의 귀걸이로 갈아 끼우면 액세서리 세트 효과로 피해량을 최대 2,000까지 무시할 수 있으니 아마 전부 합해서 10발 이상의 공격 마법은 맨몸으로 버텨낼 수 있을 것이다.

거기에 더해 마력회복 포션이나 생명력회복 포션으로 끈질기게 버틴다면 드래곤 소드의 마력을 모두 고갈시키는 것이 가능할지도 몰랐다.

게다가 시우의 최대 무기는 원력에 있었다. 맨몸으로 드래곤 소드의 공격 마법을 버텨내면서 아우라의 검으로 반격을 가하면 어렵지 않게 용기사들을 처리하는 것도 가능해 보였다.

'나도 괴물이 다 되었군.'

시우는 지금까지 짐짓 여유로운 척 연기를 하고 있었지만 역력한 실력의 차이를 확인한 이후 정말로 여유를 되찾을 수 있었다.

용기사들이 아무리 기를 써도 시우를 해치는 것은 불가능했다.

타겟팅을 통해 얻은 수치로 시우가 그러한 객관적인 판단을 내리는 순간 병사 하나가 성문에서 뛰쳐나왔다.

얼마나 서둘렀는지 허겁지겁 달려온 병사는 숨이 넘어갈 지경이었다.

"헉! 헉! 프란드 경께서……!"

병사는 숨을 간신히 정돈하고 입을 열었다.

"페르미온 아리에타 공주님을 모셔오랍니다. 허억!"

병사의 말에 용기사들의 표정이 잔뜩 찌푸려졌다.

아리에타의 침입을 허용한다는 사실은 즉 그녀의 근위기사인 시우의 침입을 허용한다는 말과 직결되었다.

용기사들은 아직 시우의 정확한 무위가 얼마나 높은지 정확히 판단은 할 수 없었지만 적어도 맞붙게 된다면 네 명의 용기사 중 하나는 반드시 죽을 거라는 추측을 하고 있었다.

그 정도의 전투력이라면 스스로 목숨을 던져 프란
드를 암살할 능력은 충분히 지니고 있다고도 판단할
수 있었다.

그것은 곤란했다.

충성심?

이것은 충성심이 아니었다.

그들은 막대한 거금으로 프란드에게 고용된 용기사
들.

돈을 지불해주는 고용주가 죽으면 곤란할 뿐이었
다.

다른 어떤 국가를 가더라도 이러한 막대한 봉급을
지불해줄 나라는 전무했으니까.

그런 의미에서 프란드가 죽으면 곤란하다는 의미였
다.

일단 명령이니 따르긴 해야겠지만 저들의 목적이
무엇인지 알 수 없는 이상 프란드에게 미리 경고를 해
두는 것은 나쁘지 않았다.

서로 시선을 교환하던 용기사들은 세 명이 시우의
곁에 남아 견제하고 한 명이 미리 프란드와 접촉해 시
우의 무위에 대해 알려두기로 결정을 내렸다.

드래곤을 타고 용기사 하나가 날아오르자 나머지
세 명은 드래곤의 등에서 내려왔다. 그러자 드래곤들

에게서 밝은 빛이 터져 나오며 그 형태가 인간의 모습으로 바뀌었다.

드래곤이라면 태어날 때부터 지니고 있는 둔갑 마법이었다.

드래곤은 태어나는 순간부터 어떤 생물체든지 자유롭게 둔갑이 가능했다.

그럼에도 불구하고 그런 괴이한 모습을 유지하는 이유는 그것이 가장 생물체로서 '강인한 형태'이기 때문이었다.

도마뱀을 닮은 몸통에는 날카로운 비늘이 자라나 전신을 지키고, 독수리를 닮은 튼튼한 날개와 높은 하늘 위에서도 사냥감을 놓치지 않는 예민한 눈, 먹잇감을 찢어발기는 호랑이의 발톱과 날카로운 이빨, 두개골을 보호하듯 자란 산양의 뿔, 천리 바깥의 냄새와 소리조차 감지하는 늑대의 코와 귀 등 생물의 이점을 한데 모은 듯한 형태가 바로 그것이었다.

그러나 인간의 틈바구니에 섞여 살아야 하는 용기사의 파트너들에게는 아무래도 좋은 이점들이었다.

인간의 형태로 둔갑하면 조잡한 단검에 찔리는 것만으로 죽을 수 있는 위험이 있었지만 드래곤의 형태로 살아가기에는 불편한 점이 너무 많았다.

시우는 이내 완성된 인간의 형태로 모습을 드러낸

용기사의 파트너들을 보았다.

유룡들은 아직 어린 소년 소녀의 모습을 하고 있었다.

시우는 고개를 갸웃거렸지만 이내 성문이 활짝 열리고 마부가 마차를 성안으로 모는 바람에 질문할 타이밍을 놓치고 말았다.

프란드의 성은 그가 가진 부를 증명하기라도 하듯 거대한 토지를 가지고 있었다.

성문에서 성까지는 잘 포장된 도로가 깔려 있었고 그 좌우로는 잘 관리된 정원이 펼쳐져 있었다.

대충 거리를 감안해본 결과 적어도 성까지는 10분 이상을 걸어 들어가야 했다.

시우는 인간으로 둔갑한 유룡들 중 가장 붙임성이 좋아 보이는 붉은 머리의 소녀, 드래곤 리타에게 손짓했다.

그녀를 타겟팅했을 때 보았던 설명처럼 그녀는 가벼운 성격을 가지고 있었는데 시우의 손짓에 한 점 의심도 없이 총총걸음으로 시우에게 다가왔다.

"왜에?"

"드래곤은 원래 자신이 원하는 모습이라면 어떤 형태로든 둔갑할 수 있는 것이 아니었나? 어째서 그렇게 어린 모습으로 둔갑했지?"

리타는 시우의 질문에 고개를 저었다.

"어떤 형태로든 둔갑할 수 있다는 것은 틀린 말이야. 우리는 어떤 생명체로든 둔갑할 수 있지만 기본적으로 나이나 드래곤일 때의 형태에 영향을 받아. 우리는 드래곤으로서는 아직 유아에 불과해. 그렇기 때문에 인간으로 둔갑해도 이렇게 어린 모습이고, 내 비늘이 붉은 색이었기 때문인지 머리카락도 붉은 색이지."

시우는 고개를 끄덕였다. 겨우 궁금증을 해소할 수 있었다.

리타는 시우의 옆에서 걸음을 옮기면서 뻔히 시우의 얼굴을 바라보았다.

"왜?"

"오빠는 혹시 드래곤이야?"

시우는 고개를 저었다.

"어째서 그렇게 생각했지?"

리타는 시우의 질문에 손가락을 물고 고민했다.

딱히 별생각은 없던 모양이었는데 시우의 질문에 구체적인 이유를 가려내는 모양이었다.

"일단 인간으로 생각하기 힘들 정도로 너무 많은 마력을 소유하고 있어. 지금은 숨겨서 하나도 안 느껴지지만 아까 느낀 마력은 인간이 지니기엔 너무나도 큰 마력이었어."

리타는 잠시 머뭇거리다가 시우에게 킁킁거리며 냄새를 맡고는 고개를 끄덕였다.

"게다가 나도 동족은 몇 보지 못했지만 오빠한테선 동족의 냄새가 나니까."

시우는 리타의 말을 바로 이해할 수 없었다.

동족의 냄새? 시우에게서 드래곤의 냄새가 난다고?

혹시 목에 걸고 있는 아이시크의 드래곤 하트 탓일까 싶었지만 그것은 아닌 듯싶었다.

아마도 시우의 아우라가 드래곤 하트의 아우라와 동조를 하면서 육체에 변화가 온 탓이 큰 것 같았다.

하지만 드래곤의 냄새가 난다니.

시우는 조금은 복잡한 표정을 지었다.

"나는 인간이야."

"그런가?"

"그래."

리타는 전혀 시우의 말을 믿지 않는 모양이었지만 더 이상 추궁할 생각은 없는 모양이었다.

"리타!"

리타의 파트너인 용기사 존 휴가가 리타를 불렀다.

아직 적인지 아군인지 판단도 안 된, 오히려 적에 가까운 시우와 리타가 친한 척을 하는 것이 마음에 들지 않았던 모양이었다.

리타는 시우에게 손을 흔들어 보이며 총총 뛰어 휴가의 곁으로 돌아갔다.

시우는 잠시 생각에 잠겼다.

'나는 정말 인간일까?'

시우는 스스로가 인간임에 의심을 가진 적이 없었다.

그의 육체는 게임 캐릭터로 되어 있었지만 그 영혼은 틀림없는 인간의 것이었으니까.

하지만 드래곤의 영혼과 동조하여 인간이라 확신한 영혼조차 한없이 드래곤에 가까워진 시우를 지금도 인간이라고 단정 지을 수 있을까?

시우는 단박에 '물론' 하고 생각을 정리했지만 마음 한편이 거슬리는 것은 어쩔 수가 없었다.

시우가 잠깐 상념에 잠긴 사이 마차는 정원을 가로질러 프란드의 성에 도착했다.

프란드의 성은 겉으로 보이기에도 크고 화려했지만 내부는 더 심했다.

누런빛을 발하는 황금의 조각상이 여기저기 배치되어 있었다. 그 외에도 고가의 미술품으로 추측되는 작품이나 보석 따위로 꾸며진 장식품이 가득했다.

특히 고가의 미술품과 같은 경우 아리에타는 속내

가 드러나지 않게 구경을 하는데 정신이 없었다. 시우
는 미술품에 대해서는 전혀 조예가 없었는데 왕족으
로 태어나 의무적으로 예술 교육을 받은 아리에타는
진품으로 예상되는 예술품들의 산을 보고 굉장히 동
요하고 있는 것 같았다.

시우는 새삼 아리에타의 시선을 쫓아 미술품들을
살펴보았지만 금덩이나 보석 따위의 소재로 만든 장
식품과 크게 차이점을 느낄 수가 없었다.

사실적인 그림으로 따지면 전생을 따라올 수 없었
고 추상적인 그림은 시우의 안목이 부족했다.

하다못해 시우는 왼쪽 눈을 가리고 그림을 타겟팅
해 보았지만 실망밖에는 할 수 없었다.

진정 그림의 실력을 인정받아 명작이 된 작품은 몇
점 없고 대부분이 이름 높은 귀족이나 왕족이 그렸다
는 이유로 가치를 인정받는 작품들이었던 것이다. 물
론 그것도 어느 정도 실력이 갖춰져야 가능한 일이지
만 시우의 눈에는 평범한 수준을 약간 상회하는 정도
에 불과했다.

시우와 아리에타 일행은 한참을 걸려 복도를 가로
질러야만 했다. 어쩌면 성의 구조 자체가 의도적으로
이렇게 구성해 놓은 것이라는 생각마저 들었다. 이 길
고 긴 복도에 장식된 재물을 감상하지 않고서는 성주

를 만날 수 없는 그런 구조 말이다.

겨우 복도의 끝이 보이기 시작했지만 아리에타는 이미 질릴 대로 질려버린 눈치였다. 시우는 아리에타의 곁으로 다가가 손바닥을 아리에타의 등에 가져다 대었다.

원력을 그녀의 몸 안에 불어넣어 주눅이 든 영혼을 회복시켜 주는 것이다.

시우의 손이 닿은 등으로부터 형용할 수 없는 기운이 침투하면서 갑자기 기운이 나기 시작한 아리에타는 깜짝 놀란 토끼처럼 두 눈을 동그랗게 떴다.

어떻게 한 것인지는 모르겠지만 시우의 도움을 받은 것에는 틀림없었다.

아리에타는 다른 사람이 눈치 채지 않을 정도로 가볍게 고개 숙여 감사를 표했다.

그리고 복도의 끝에 도착하자 하나의 거대한 문과 그 앞을 지키는 늙수그레한 집사가 한 명 서 있었다.

"누구라고 전해드릴까요?"

집사의 질문에 대답한 것은 한 명의 용기사였다.

"임펠스의 혈통을 잇는 페르미온 아리에타 공주시라고 전해주시오."

집사는 느긋한 태도로 고개를 주억거리고 문을 열고 접객실로 들어갔다.

용기사 한 명이 한 발 앞서 프란드에게 소식을 전했기 때문에 이미 프란드는 아리에타의 방문 소식을 알고 있을 것이 틀림없었지만 이것이 주객의 매너, 접객의 수순이라는 것을 알고 있는 시우는 잠자코 상대의 반응을 기다릴 수밖에 없었다.

이내 다시 문을 열고 나온 집사는 공손한 태도로 허리를 숙여 인사한 후 입을 열었다.

"프란드 경께서 안으로 들라 하십니다."

집사의 손에 의해 접객실의 문이 활짝 열렸다.

열린 문 너머로 보이는 것은 6, 7미터는 됨직한 긴 테이블과 그 테이블의 상석에 앉아있는 이 성의 주인이었다.

그의 모습은 시우에게 있어 조금 의외였다.

시우가 알고 있는 상인이란 놈들은 하나같이 잘 먹고 움직일 줄은 모르는 탓에 살이 뒤룩뒤룩 쪄있었다. 그런데 프란드는 그렇지 않았다.

오히려 잘 배운 학자인 양 콧수염을 기른 프란드는 신사적인 느낌을 풍기고 있었다.

복장도 과하지 않았다. 원단 자체는 무척 비싼 재질이었으나 디자인은 심플했던 것이다. 복도는 그렇게 엄청나게 꾸며놨으니 새삼스럽게 본인을 꾸밀 필요도 없다는 느낌도 들었지만 무엇보다 스스로 인상을 만들고 있다는 느낌이 강했다.

중년이 지나 노년에 접어든 프란드는 주름이 많은 탓에 노안이었는데 그것도 부정적인 이미지보다는 긍정적인 느낌을 안겨 주었다. 젊어서 고생을 했으니 저러한 자리에 앉을 수 있었던 거라고 말이다.

체형은 크지도, 그렇다고 마르지도 않아 평균적이었고 키는 조금 작은 듯싶었지만 그렇다고 대놓고 작다고 할 만큼 왜소하지도 않았다.

한쪽 눈에 걸친 외눈안경은 그의 평범하고 다소 나태한 분위기를 날카롭게 벼려내고 있었다.

이 남자, 조금 불편하다.

프란드를 처음 접한 사람들이 그러한 생각을 떠올린 찰나에 프란드는 자리에서 일어나며 가벼운 미소를 머금었다.

"어서 오십시오. 저희 크란데는 임펠스의 혈통, 아리에타 왕녀님을 환영합니다."

이미지가 일변했다.

아리에타는 얼떨떨한 기색으로 고개를 끄덕였다.

"감사합니다. 소문이 자자한 큐란 프란드 경을 보게 되어 저도 기쁘네요."

아리에타는 뒤이어 떠오른 생각보다 품격이 있다느니 하는 칭찬은 집어 삼켰다.

'생각보다' 라는 표현은 한 번 뜻을 뒤집으면 무례하게 비칠 수도 있었고 굳이 칭찬 따위를 하여 프란드의 눈치를 볼 필요는 없다고 생각한 탓이었다.

"부디 먼저 자리에 앉아주시지요."

원래 접객의 수순이라면 주인이 먼저 앉고 손님이 앉는 것이 정석이지만 프란드는 조금은 과하게 예의를 차리며 아리에타를 추대했다.

아리에타는 생각지 않았던 환영에 얼떨떨했지만 결코 긴장을 풀지는 않았다.

지금까지 겪은 것이 많았다. 이제 아리에타는 꿈만 많았던 어린 공주가 아니었다.

겉으로 호의를 보인다고 해서 속뜻도 같으리라고는 생각지 않았다.

"그럼 실례를 무릅쓰고 먼저 앉도록 하겠습니다."

시우는 아리에타가 식탁으로 다가가자 한 발 앞서 식탁으로 다가가 의자를 당겨주었다. 원래라면 시녀, 또는 시동이 해야 할 일이었지만 아리에타는 실비앙 왕국에서 도망쳐 나오면서 시녀를 모두 잃고 말았다.

아리에타는 시우에게 감사의 눈빛을 보내고, 시우는 어영부영하는 근위기사들을 보며 쯧 하고 혀를 찼다.

그리고 그 모습을 프란드가 지켜보고 있었다.

아리에타에게는 네 명의 근위기사가 있었다.

그 중 세 명은 여전히 투구를 눌러쓰고 있었는데 하얀 머리의 청년은 접객실에 들어오면서 이미 투구를 벗어놓아 얼굴을 확인할 수 있었다.

듣자하니 굉장한 실력자라고 들었는데 그런 이야기에 비하면 매우 젊은, 아니 어린 기사였다. 원래 저 나이라면 수습기사, 고작해야 지방 영지 기사단의 일개 단원이나 될 수 있는 나이였다.

그런데 저런 어린 기사가 한 나라를 대표하는 근위기사단의 정식 단원이라니. 그것도 프란드가 거금을 들여 고용한 용기사들이 한수 접어주는 엄청난 실력이라고 들었으니 프란드가 놀라는 것도 무리는 아니었다.

그러나 프란드는 그것을 내색하지 않았다.

상업으로 일가를 이룬 프란드는 고객과 주고받는 거래의 일환을 곧잘 카드게임에 비유하곤 했다.

거래란 상대의 카드를 들춰내면서 자신의 카드는 철저히 숨기는 게임이었다. 물론 가끔은 카드의 일부를 일부러 드러내거나 과장할 줄도 알아야 하고 말이다.

이것을 거래라고 부르긴 힘들었지만 노년에 접어든 프란드는 그것이 꼭 거래에만 통용되는 이야기는 아님을 잘 알고 있었다.

프란드는 용기사의 파트너 드래곤이 말했던 내용을 떠올렸다.

"어쩌면 그 근위기사, 드래곤일 수도 있습니다."

프란드는 새삼스런 시선으로 시우를 보았다.

유룡이 실력적인 측면과 직감으로 시우를 드래곤이라고 파악했다면 프란드는 인격적인 측면에서 시우를 판단하기 시작했다.

시우는 행동 하나하나가 여유롭고 자신감에 차 있었다. 망국의 도망자라는 신분에서 그것은 부자연스러웠다.

유희에 나온 드래곤의 교만?

그것은 아니었다. 시우의 태도는 여유롭지만 그 눈빛에는 경계심이 깃들어 있었다. 저 여유와 자신감은 스스로의 실력에서 기인한 것이었다.

그럼 아리에타는? 왕녀는 자신의 근위기사가 드래곤이라는 사실을 알고 있을까? 아니면 그것도 모르면서 그냥 실력 있는 기사로 생각하고 있는 것일까?

만약 아리에타가 시우를 드래곤이라 생각하고 있다면 그 행동이 부자연스러울 수밖에 없을 것이다. 근위기사는 왕족을 수호하는 임무를 띠고 있지만 상대가 드래곤이라면 얼마든지 임무를 파기하고 왕족을 죽일 수 있었으니까.

그러나 아리에타의 태도는 자연스러웠다.

첫인상, 겉으로 보이는 것만으론 이상한 점은 찾아볼 수 없었다.

반반. 프란드는 시우가 드래곤일 확률을 그렇게 정리했다.

사실 프란드의 판단으로 시우가 드래곤일 확률은 1할도 되지 않았지만 유룡의 직감을 높이 산 결과였다.

시우는 아리에타가 자리에 앉는 타이밍에 맞춰 자연스럽게 의자를 밀어넣었다.

아리에타가 반대쪽 상석에 앉는 것을 확인한 프란드도 다시 자리에 앉았다.

프란드의 좌우측으로 네 명의 용기사가 시립하고 아리에타의 좌우로도 시우를 포함한 네 명의 근위기사가 시립하고 섰다. 우스운 것은 시녀도 기사도 아닌 세 명의 여인들도 아리에타의 뒤에 시립하고 섰다는 사실이었다.

사실상 전투가 벌어지면 근위기사들보다도 믿음직한 여자들이었지만 프란드나 용기사들의 시선에는 기이하게 비칠 수밖에 없었다.

"저분들은 누구시죠?"

프란드가 참지 못하고 묻자 아리에타가 가볍게 고개를 흔들었다.

"여행 중에 합류한 협력자입니다. 이 자리에서 중요한 사안은 그게 아닙니다."

프란드는 대답을 회피하는 아리에타의 대답에 이채를 띠었지만 캐묻지는 않았다.

"그렇죠. 여기까지 오시느라 수고 많으셨습니다. 손님을 모셔놓고 차를 내올 정신도 없었군요. 바로 다과를 준비시키겠습니다. 아니면 저녁때가 가까우니 식사를 하시겠습니까?"

"네. 재작년에도 북부로 여행을 갔다 온 경험이 있는데 이번 여행길은 유난히도 멀더군요. 아무튼 식사는 하고 왔으니 다과면 충분합니다."

아리에타의 대답에 프란드는 시녀를 시켜 다과를 주문하고 지금 내올 차와 과자에 대해서 설명하기 시작했다.

차는 무슨 차고 그 차를 어디서 수입했으며 어떻게 우려야 맛있는지, 어디서 누가 그 차를 이상하게 우렸던 우스운 에피소드나 나이든 노년이 되어 단 과자를 좋아하는 것이 부끄러우니 어쩌느니 아무래도 좋은 이야기를 늘어놓으면서 언제든 본론을 시작해도 좋을 분위기를 마련해갔다.

이내 시녀가 다과를 내오고 뜨거운 차를 홀짝이며 잠깐의 침묵이 흘렀다.

"그래서."

차의 향을 즐기며 잠시 뜸을 들인 프란드가 약간 뒤로 고개를 젖혔다.

너른 창을 통해 비친 노을이 외눈안경에 반사되며 묘한 분위기를 조성했다.

"아리에타 왕녀님께선 제게 뭔가 하실 말씀이 있으신 것은 아닌가요?"

그냥 잡담이라고 무시할 것이 아니었나?

시우는 등골을 타고 서늘한 기운이 흐르는 것을 느꼈다.

어느새 대화의 주도를 프란드가 쥐고 있었다.

사실 그것은 당연한 것이었다. 아무리 아리에타가 고생을 해가며 정신을 차렸다고 해도 이러한 자리에서의 대화에 익숙할 리가 없었으니까.

대화의 내용 자체는 사교회에서 나누는 잡담과 크게 다를 것도 없었지만 대화의 주도권을 잡는 능력에 있어서 아리에타는 프란드의 경험을 뒤따를 수 없었다.

아리에타는 헉하고 놀란 숨을 들이켜고 금방 주눅이 들어 고개를 푹 숙였다.

기껏 달래주었던 것이 무의미해지고 말았다.

아리에타는 아직 차에 입도 대지 않았다.

시우는 아리에타의 곁으로 다가가 찻잔을 들어 입 안에 들이 부었다.

그 돌발 행동에 프란드가 눈살을 찌푸리고 아리에 타는 두 눈을 동그랗게 치떴다.

"좋은 향이군요. 차 이름이 뭐라고요?"

시우의 질문에 대답한 것은 아리에타였다.

"데, 데지안이요. 앗!"

아리에타는 깜짝 놀라 입을 가렸다.

시우는 그녀의 근위기사였다. 혹시라도 실수할까 지난 며칠 사이 아리에타는 시우에게 반말을 해왔는 데 정작 프란드의 앞에서 실수를 하고 말았다.

그러나 시우는 신경 쓰지 않았다.

"좋은 이름이군요. 혹시 콩을 볶아서 우려낸 차는 뭐라고 부르죠?"

"콩을 볶아요?"

"콩이라기보다 붉은 열매의 씨앗인데, 햇볕에 말 리고 볶고 갈아서 물에 우려먹으면 잠을 쫓을 수 있 죠."

아리에타가 고개를 갸웃거렸다.

왕족인 그녀가 모르는 것을 보니 이 세계에는 커피 라는 것이 없는 모양이었다.

"제 고향의 차입니다. 여기에는 없는 모양이군요.

나중에 대접하겠습니다."

시우는 완전히 마이 페이스였다.

그러나 이 정도로 마음대로 행동하는 것이 적당했다.

상대는 무역으로 부흥한 자치도시의 통치자였다.

대화를 주도하고 거래를 따내는 실력에 있어서는 상대가 되지 않는다고 봐야했다.

분위기를 만들어내고 이끄는데 익숙한 프란드에게 가장 어려운 상대는 분위기에 휩쓸리지 않고 마음대로 행동하는 망나니였으니까.

아무리 그래도 이렇게 무례한 행동을 하는데도 일언반구도 없는 프란드가 이상하긴 했지만 시우에겐 형편이 좋았다.

"아리에타 공주님의 목적은 페르시온 제국과 협력해 사악한 알덴브룩 제국군을 물리치고 임펠스의 땅을 되찾는 것이오. 프란드 경, 우리에게 협력하시오. 만약 우리를 돕는다면 페르시온 제국과의 합의에서 크란데의 뜻을 밝혀 알덴브룩이 멸망할 내일, 크란데가 무너지지 않도록 협조하겠소."

갑자기 대화에 끼어든 시우의 모습에 그가 드래곤일지도 모른다는 생각이 들어 프란드는 입을 조심하고 있었다.

그러나 시우의 이해할 수 없는 발언에 프란드의 눈썹이 꿈틀거렸다.

"크란데가 무너진다고요?"

"그렇지 않겠소? 알덴브룩 제국은 파일로스 교단의 뜻에 따라 모든 국가를 대적하고 파괴하고 있소. 그런데 크란데만 멀쩡하다니 수상하지 않소. 겉으로는 드러나지 않으나 분명 크란데는 알덴브룩의 뜻에 협조하고 있을 터. 남부와 북부의 전쟁이 끝난다면, 그리고 알덴브룩 제국이 패배하게 된다면 아무리 크란데가 겉으로는 중립을 표방한다 하나 삼대주교에서 가만히 두겠소?"

시우의 말에 프란드의 눈썹이 다시 꿈틀거렸다.

그것은 정황증거에 불과했다. 실제로 크란데는 하는 수 없이 알덴브룩과 비밀리에 협상을 가지긴 했지만 아무리 심증이 있다고 하나 물증이 없어서야 하나의 도시를 멸망시키는 건 말이 안 되는 이야기였다.

그러나 여기서 심증이니 물증이니 하는 말을 꺼내봐야 심증만 더욱 확고히 다져줄 뿐이었다. 프란드가 생각을 정리하는 짧은 사이 시우가 입을 열었다.

"한 달 전, 드래곤 브로딕스가 외교관으로 방문해 협상이 오간 것은 알고 있소. 아니, 그것이 거의 협박에 가까웠다는 것을 나는 알고 있소. 당신에겐 방법이 없었겠지. 그것을 알고 있으니 아리에타 공주님께서 그것을 안타깝게 여기고 도움을 주려고 하는 것이오."

프란드는 입을 떡하니 벌렸다. 그의 포커페이스가 깨졌다.

아무도 몰라야 할 비밀이 새어나가 있었다.

어떻게?

혹시 첩자가?

프란드는 고개를 저었다.

이 사실은 결코 누구에게도 알려져서는 안 되는 일이었다.

첩자는 물론 시녀나 시동, 심지어 용기사들도 알 수 없도록 이야기를 진행하는 것은 기본 중에 기본이었다.

프란드의 시선이 늙은 집사를 향했다.

어쩌면 집사장이 어느 정도 눈치를 챘을지도 몰랐다.

비밀리에 행동하기 위해 평소와는 다른 행동을 취했으니 오랜 세월을 같이한 그라면 프란드의 비밀스런 행동에 대해서 가설쯤은 세울 수 있었다.

그러나 그는 아니었다.

다른 누구도, 심지어는 세 명의 아내와 다섯의 첩조차도 프란드는 믿을 수 없었지만 집사장 만큼은 첩자가 되거나 다른 집단에 회유될 리가 없다고 믿고 있었다.

무엇보다 아무리 집사장이라도 저렇게 구체적인 이야기까지는 알 수가 없었다.

당연히 지레짐작 따위도 아니겠지.

감히 누가 있어 드래곤이 직접 외교관의 임무를 맡을 것이라 추측이나 하겠는가.

시우는 드래곤 브로딕스가 크란데에 방문한 시기, 맡은 임무, 어떤 대화가 오갔는지 전부 알고 있었다.

프란드의 혼란스런 질문은 다시 최초로 돌아왔다.

어떻게?

그러나 프란드는 도무지 알 수 없었다.

어쩌면 드래곤 브로딕스 쪽에서 정보가 새었을 가능성도 있었다.

프란드는 적어도 자신 쪽에서 흘러나간 이야기는 아니라고 확신했다.

그러나 이 정보는 프란드 본인을 통해 흘러나간 이야기였다.

시우가 접객실에 입장하면서 왼쪽 눈을 가려 타겟팅한 것으로 읽어낸 프란드의 활동 내역에는 최근 프란드가 알덴브룩 제국의 강제력에 골머리를 앓고 있으며 드래곤 브로딕스가 외교관으로 찾아온 것을 비롯한 모든 정보가 적혀 있었다.

그러나 프란드가 그러한 시우의 능력에 대해서 알고 있을 리가 없었다.

프란드는 생각보다 아리에타 왕녀가 지니고 있는 정보력이 강력하다고 생각했다.

어쩌면 임펠스의 정보 조직이 온전하게 아리에타 왕녀의 손 안에 남아있을 가능성에 대해서도 고려했다.

프란드는 여기까지 순식간에 생각을 정리하고 방법론에 대해서는 더 이상 생각하지 않기로 했다.

중요한 것은 '어떻게 했는가?'가 아니라 '어떻게 할까?'였다.

선택지는 크게 두 가지가 있었다.

여기서 아리에타 왕녀 일행을 모두 죽여 살인멸구 하는 방법.

아니면 저쪽의 요구를 얌전히 받아들이고 페르시온과의 유대를 만들어 두는 방법.

어느 쪽이든 프란드에게는 리스크가 따라왔다.

아리에타 왕녀 일행을 살인멸구 하기 위한 최대의 리스크는 저 하얀 머리의 근위기사였다. 프란드에게는 무려 넷이나 되는 용기사가 있었지만 그들은 지금 시우 때문에 굉장히 긴장한 상태였다.

반면에 하얀 머리의 근위기사, 시우는 긴장 따위는 전혀 하지 않는 기색이었다.

이런 협상에는 반드시 다툼이 따라오는 법이다. 요구가 과하면 협상은 결렬되고 그 내용에 따라서 서로 죽고 죽일 가능성도 있었다.

아리에타 왕녀 일행이라고 그것을 모르지는 않을 것이다. 그럼에도 불구하고 시우가 태연한 것은 스스로의 실력에 대해 확고한 자신이 있기 때문이겠지.

이쪽에 무려 네 명의 용기사가 있음을 알면서도 저런 태도라니. 인간이라면 취할 수 없는 태도였다.

프란드는 시우가 드래곤일 가능성을 8할로 상향조정했다.

그것도 특기 마법을 익힌 200살 이상의 드래곤이라고 말이다.

그 정도가 아니면 네 명의 용기사를 적으로 두고 태연할 수가 없었으니까.

또 시우를 적대하는 리스크가 크기도 했지만 무엇보다 판단을 내리기 전에 상대가 원하는 것이 무엇인지 미리 들어두는 것도 나쁘지 않았다.

상대의 요구에서 리스크와 리턴을 잘 저울질 하고 판단한다. 그것이 상인이었으니까.

"제가 졌습니다. 기밀 유지에 신경을 쓴다고 했는데

설마 전부 알고 계실 줄이야. 협력이라면 어떤 도움을 원하시는 거죠?"

시우를 쳐다보면서 입을 연 프란드는 아리에타를 바라보며 말을 마쳤다.

말은 졌다고 했지만 프란드의 성향을 잘 알고 있는 용기사들은 오히려 전신을 긴장시키며 전투태세에 들어갔다. 만약 상대의 요구가 불합리한 탓에 협상이 결렬되면 그것이 바로 전투 시작의 신호였으니까.

아리에타가 시우를 돌아보고 시우는 고개를 끄덕여 주었다.

프란드에게 요구할 내용에 대해서는 여기에 오기 전에 미리 대화를 끝내두었다.

"상선이 도착하기까지 숙식을 제공해주세요. 또한 제가 여의치 않은 일로 시녀들을 잃은 터라 여정 중에 제 시중을 들 시녀와 시동을 한 명씩 제공해 주시면 좋겠어요."

프란드는 여기서 또 표정이 무너졌다.

저것은, 요구라고 부르기도 애매한 조건이었다.

협상이 맺어지면 그들이 상선을 타기까지, 아니 북부에 도착할 때까지 보호해 주는 것은 당연한 것이었다. 협상이 체결 되는대로 그들과 프란드는 일심동체라 할 수 있으니까. 거기에 더해 시녀와 시동을 요구

한다고 해도 고작 노예가 둘이었다. 그냥 시중만 들 노예라면 두당 5파운드로 치고 고작 말 한 필밖에 되지 않는 가격으로 협상을 성사시킬 수 있다는 의미였다.

매우 간단한 조건이었지만 프란드의 마음은 더 복잡해질 수밖에 없었다.

차라리 말도 되지 않는 조건을 들이민다면 마음 편히 협상을 결렬시킬 수 있었을 텐데 말이다.

시우의 조건, 알덴브룩과의 협력관계를 끊고 페르시온 제국에 협력한다는 요구를 정말 받아들여도 괜찮을까?

프란드가 깊이 고민할 때 시우가 불쑥 말을 내뱉었다.

"우리들의 협상이 알덴브룩에게 새어나갈 것이 걱정이라면 성내의 첩자들을 모두 솎아줄 수도 있소."

"그런 것이 가능하오?"

프란드는 정말 놀랐다. 아무리 뛰어난 정보 조직이 있다 해도 첩자의 근절은 어려운 일이었다. 그러나 그것을 마치 어렵지 않은 일이라고 시우는 호언장담하고 있었다.

"하지만 어쩌면 드래곤 브로딕스가 이곳을 감시하고 있을 가능성이……."

프란드가 약한 소리를 내뱉자 시우는 피식 웃음을 터트렸다.

"브로딕스는 이미 크란데에서 떠나 없소. 그것은 내 이름을 걸고 장담하지."

시우의 말에 프란드의 눈이 이채를 띠었다.

그의 정체에 대해서는 계속해서 의문을 품고 있던 바였다. 그런 그가 스스로의 이름을 걸었으니 정당하게 정체를 물을 수 있는 기회가 찾아왔던 것이다.

"당신이 도대체 누구기에?"

"내 이름은 체슈. 알덴브룩의 악몽이오."

프란드의 시선이 시우의 하얀 머리에 닿았다.

"체슈라면 그 광룡 수아제트에게 현상수배를 받았다는 그 체슈 말씀이오? 하지만 그는 검은 머리카락과 검은 눈을 가진 것으로 알고 있었는데?"

시우는 프란드에게 신분을 증명하기 위해 잠시 드래곤 하트와의 동조를 끊었다. 그러자 시우의 백발적안이 흑발흑안으로 돌아왔다. 시우는 자신의 원래 모습을 증명한 뒤에 다시 드래곤 하트와 동조하며 백발적안의 모습으로 돌아갔다.

"이유 있어 정체를 숨기고 있소. 어찌 되었든 나에게는 제법 유용한 수색 능력이 있으니 크란데에 드래곤이 없음을 보장하겠소."

시우는 이미 신령 리카와 그녀가 만들어낸 바람의 정령들로 크란데를 샅샅이 수색한 뒤였다. 만약 드래곤이 크란데에 있었다면 발견을 하고도 남았고, 드래곤이 정령의 눈을 피해 숨었다 하더라도 그 낌새를 눈치 채지 못할 시우가 아니었다.

"어쩌다가 알덴브룩의 악몽이라는 분이 임펠스의 근위기사가 되셨소이까?"

"반대이오. 임펠스의 근위기사로서 활동하다보니 알덴브룩의 악몽이 된 것이지."

시우가 아리에타 왕녀의 근위기사가 된 것은 의심받지 않을 신분을 만들기 위해서였다. 여기서 프란드의 말을 인정하면 시우의 신분은 다시 의문의 베일에 쌓일 수밖에 없기 때문에 시우는 말을 정정해 주었다.

'임펠스에 이토록 강한 근위기사가 있었다면 소문이 나지 않을 수 없었을 텐데?'

프란드는 뭔가가 이상함을 눈치 챘지만 더 이상 캐묻지는 않았다.

그것보다도 지금은 협상을 체결하느냐 결렬하느냐의 선택이 먼저였다.

프란드는 한참을 고민하다가 고개를 끄덕였다.

여기서 대화한 대로만 상황이 흘러간다면 프란드에

게 불리한 내용은 하나도 없었다.

"그럼 첩자의 색출부터 부탁드리겠소."

"시녀와 시동들을 비롯한 고용인들을 모아 오십시오. 그 자리에서 바로 첩자들을 색출하겠소. 그리고 아리에타 왕녀님의 시중을 들 시녀와 시동은 그 자리에서 제가 직접 고르도록 하겠소이다."

시우가 이곳에 온 진짜 목적이었다.

프란드의 성에 붙잡혀 일하고 있을 루리와 로이를 빼내는 것.

아리에타 왕녀 일행의 요구가 간단한 것에는 이러한 이유가 있었다.

루리와 로이만 돌려받을 수 있다면 시우는 더 이상 바랄 것이 없었으니까.

그런 속내도 알지 못하고 프란드는 아리에타 왕녀 일행의 진짜 목적을 알아내기 위해 골머리를 앓고 있었다.

✦

해가 저물어가는 늦은 저녁, 프란드의 성 앞에 고용인들이 모여 있었다.

시녀, 시동, 집사, 의사, 사제, 재봉사, 보석세공사,

요리사, 악사에 이르기까지 프란드의 성내에 머무는 사람이라면 모두 이 자리에 모아왔다.

거기에는 용기사들도 자리를 같이하고 있었다.

시우는 그들을 둘러보았다. 그리고 찾았다.

루리였다.

시녀들의 틈바구니에 하녀복을 입은 루리가 갑작스런 상황에 혼란스러워하고 있었다.

시우와 눈이 마주친 루리가 잠시 고개를 갸웃거리더니 눈이 커졌다.

루리와 떨어져 있던 시간이 무려 1년 8개월이나 되었다.

시우의 키는 그간 소년에서 청년으로 자라났고, 레벨의 상승과 함께 후줄근하던 복장도 화려한 고급 장비로 바뀌어 있었다. 그 뿐 아니라 머리색과 눈동자의 색도 바뀌어 있었으니 루리가 시우를 알아보지 못했다 해도 이상할 것은 없었다.

시우는 손가락을 들어 인중에 갖다 댔다. 보디랭귀지는 만국 공통이라고, 차원이 다른 이 세계에서도 시우의 제스처는 통용되었다.

루리는 어째서 시우가 이곳에 있는지 알 수 없었지만 말을 아끼라는 시우의 제스처에 고개를 끄덕이며 입을 다물었다.

그와 함께 마음이 녹아내렸다.

알덴브룩과 임펠스 사이에 전쟁이 일어났던 당시, 루리와 로이는 모우로에 있었다.

시우가 드래곤 사냥을 마치고 돌아오면 한시라도 빨리 만나기 위해 하늘의 기둥에서 가장 가까운 영지인 모우로에 마중을 나갔던 것이다.

그리고 전쟁이 일어났다.

알덴브룩은 드래곤들이 지원한 수많은 마법병기를 동원해 전쟁 소식이 퍼지는 것보다 빠른 속도로 임펠스를 점령했고, 그 와중에 루리와 로이는 포로로 붙잡히고 말았다.

루리의 마법과 로이의 검술은 시우가 선물한 아이템 덕분에 나이에 어울리지 않게 뛰어난 것이었지만 그것이 수많은 적병이 밀려오는 전쟁에서도 통용할 정도로 만능인 것은 아니었다.

함락된 모우로의 새로운 영주가 된 기사는 사로잡은 포로를 노예로서 이곳저곳에 팔아넘겼고 루리와 로이는 상납금으로서 그들이 지니고 있던 신기한 마법도구들과 함께 프란드에게 선물되었다.

새롭게 모우로의 영주가 된 자는 크란데의 통치자인 프란드의 영향력이 얼마나 강력한 것인지 일찍이 눈치 채고 있었기 때문이었다.

프란드는 대륙 어디서도 보지 못했던 신기한 마법 도구와 그것을 소지하고 있던 루리와 로이에게 굉장히 관심이 많았다.

때문에 루리는 시녀로, 로이는 시동으로 곁에 두고 부렸다.

그러나 로이는 프란드의 명령에 반항을 함으로서 '교육실'에 들어가 아직도 나오지 못하고 있었다.

루리는 로이에 대한 걱정으로 인상이 펴질 날이 없었지만 이제는 안심할 수 있었다.

시우가 왔으니까.

체슈 오빠라면 분명 자신을, 그리고 교육실에 들어간 로이를 구해낼 수 있을 것이라고 루리는 추호도 의심하지 않았다.

Respawn

NEO FUSION FANTASY STORY & ADVENTURE

31장.

큐란 레이나

31장.

큐란 레이나

리스폰

시우는 루리를 아리에타의 시녀로 간택하기에 앞서 약속했던 작업에 착수했다.

프란드의 고용인들 중에서 알덴브룩 제국측의 첩자들을 솎아내는 것. 그것은 거의 불가능에 가까운 작업이었지만 시우에게는 그다지 어렵지도 않은 일이었다.

시우는 왼쪽 눈을 가렸다.

그러자 시선이 움직일 때마다 타겟팅의 대상이 바뀌면서 여러 설명창들이 떠올랐다. 시우가 할 것이라곤 줄줄이 선 고용인들을 타겟팅하면서 알덴브룩의 첩자니 어쌔신이니 하는 설명이 붙은 고용인들을 가려내는 것이었다.

시우가 골라낸 첩자들은 드래곤 소드를 뽑아든 용기사들 사이로 옮겨졌다.

처음에는 영문을 알지 못하던 그들은 이내 어느 정도 상황을 판단하고 마음이 급해졌다.

원래 첩보 행위의 특성상 같은 국가 출신의 첩자라도 웬만해선 임무 중에서는 서로를 알아보지 못하는 것이 정상이었지만 워낙에 알덴브룩 제국의 첩자들만 골라서 한자리에 모이자 서로 알아보는 첩자들의 수가 늘어나기 시작했던 것이다.

프란드에게 고용된 일꾼이 많은 탓인지 아니면 전쟁이 일어난 후로 알덴브룩 제국이 프란드를 견제할 속셈으로 첩자들의 수를 꾸준히 늘려온 것인지 북부의 첩자들을 제외한 알덴브룩의 첩자들만 솎아내는 데도 엄청난 수의 첩자들이 한 자리에 모였다.

시우는 다시 한 번 남은 고용인들을 한 차례씩 타겟팅해 보고 용기사들을 바라보며 고개를 끄덕였다.

첩자의 분간이 끝났다는 뜻이었다.

용기사들은 차례차례 분간되어 원력과 마력을 속박하는 마법도구 팔찌를 채워 제압해두었다. 이내 시우의 신호를 받고 그들을 다른 곳으로 이끌려는 순간 까득 하고 이를 가는 듯한, 딱딱한 뭔가를 씹는 듯한 소리가 터져 나왔다.

그와 함께 첩자 셋이 피를 토하며 바닥에 쓰러졌다.

또 비슷한 소리가 터져 나왔다.

까득! 까드득!

독이 든 캡슐이었다.

정체가 들켰다는 것은 동료 첩자들이 한 자리에 모였다는 것만으로도 판단하는 것이 어렵지 않았다. 이대로라면 어차피 죽거나, 최악의 경우 고문을 통해 알덴브룩 제국의 군사기밀을 빼돌리려 할 것이 분명했다. 그렇게 군사기밀을 흘린다 하더라도 첩자들의 말로는 같았다.

죽음!

고문에 당해 고통스럽게 죽을 것이냐, 아니면 자결을 통해 고통 없이 죽을 것이냐의 선택에서 그들이 할 수 있는 것은 하나뿐이었던 것이다.

용기사들은 당황해 아직 살아남은 첩자들의 후두부를 가격해 기절을 시켰다.

시우는 그것을 한숨을 푹 내쉬며 지켜보다가 손을 뻗어 외쳤다.

"[큐어!]"

상태이상회복 마법스킬이었다.

첩자의 자결 독은 빠르게 돌아 고통 없이 죽기 위한 것이었기 때문에 해독을 통해 살릴 수 있는 첩자의 수는 그렇게 많지 않았다.

그러나 시우는 신경 쓰지 않았다.

어차피 첩자인 것이 들통 난 이상 저들의 말로는 죽음뿐이었다.

만약 살아남는 첩자가 있다면 그것은 회유를 통해 이중 첩보 활동을 약속한 자 뿐이겠지만 그것까진 시우가 신경 쓸 일이 아니었다.

시우가 할 일은 끝났다.

나머지는 약속했던 보상을 받아낼 뿐이었다.

"어떻습니까. 체슈 경? 마음에 드시는 하인은 있었습니까?"

시우는 가까이 다가와 질문하는 집사장의 모습에 대뜸 인상부터 찌푸렸다.

"시녀로는 저기 있는 금발의 소녀를 간택하겠소. 그러나 그녀와 함께 있어야할 시동이 보이지 않는군."

집사장은 시우가 가리킨 소녀를 확인하고 내심 놀라지 않을 수 없었다.

시우가 가리킨 소녀는 신기한 마법도구를 가지고 있었던 일로 프란드의 관심을 받고 있는 시녀였기 때문이었다.

"함께 있어야할 시동이라니, 혹시 아는 사이입니까?"

간혹 이런 일이 있다.

전쟁 따위로 흩어진 이산가족이 포로나 노예의 신분으로 다시 만나거나 하는 경우.

"아는 사이고 자시고, 그녀와 그녀의 동생은 내 식구이오."

어떤 말을 하더라도 표정의 변화가 없을 것 같던 집사장의 눈썹이 아주 약간 꿈틀거렸다.

그만큼 동요가 컸던 탓이다.

집사장은 이미 프란드에게 불려 시우의 정체가 어쩌면 드래곤일지도 모른다는 언질을 받은 상태였다. 혹시라도 심기를 건드려 문제를 일으키지 않기 위한 조치였던 것이다.

그러한 시우의 정체와 루리와 로이가 가지고 있던 신기한 마법도구가 얽히자 어느 정도 앞뒤가 맞는 느낌이 들었다.

루리와 로이는 어떠한 연유에선지 드래곤과 함께 생활하고 있었고 그들이 갖고 있던 신기한 마법도구들은 시우의 물건이라고 말이다.

프란드는 그간 그 마법도구들의 출처를 알아내기 위해 두 남매에게 협박과 회유를 반복해왔다. 특히 '교육실'에 들어간 로이와 같은 경우는 교육이라는 구실로 고문까지 가했다.

그렇게 해서 얻은 것은 고작 그 마법도구들이 가지고 있는 능력들뿐이었지만 말이다. 그것도 고문을 받은 로이 본인의 입이 아닌 루리를 통해서였지만 아무리 로이를 협박해도 루리에게선 그 이상의 대답을 얻을 수 없었다.

문제는 그것이 아니었다.

과연 시우와 이 두 남매의 관계는 어떤 사이인가?

그것이 문제였다.

드래곤이 인간에게 정을 줄 거라고는 생각하기 힘들었지만 결코 그러지 말라는 법도 없었다. 실제로 용기사와 그들의 파트너 드래곤들은 종족의 벽을 넘어 끈끈한 우정으로 다져져 있었으니까.

만에 하나라도 드래곤이 이 두 자매에게 정 따위의 호감을 가지고 있다면 좋은 꼴은 기대하기 힘들었다.

"그래서? 그녀의, 루리의 동생은 어디에 있소이까?"

집사장은 속으로 침음을 흘렸다.

시우는 로이가 있는 '교육실'로 안내하겠다는 집사장의 말에 잠자코 그의 뒤를 따랐다. 그런 시우의 뒤에서는 루리가 두 손을 공손히 모아 얌전한 발걸음으로 뒤를 따르고 있었다.

그간 시녀로서 교육을 받은 성과였다. 하지만 시우는 결코 그런 루리의 모습이 마음에 들지 않았다.

"왜 그렇게 뒤에 가 있는 거야. 여기 옆으로 와. 불편하게 손 따위 모으지 말고 편하게 걸으라고."

"하, 하지만……."

루리는 집사장의 눈치를 보았다.

시녀인 루리와 집사장의 신분은 결코 비교할 수 있는 것이 아니었다.

집 안에서 벌어지는 크고 작은 일들을 담당하는 집사들을 대표하는 집사장은 공식적으로는 준귀족의 신분이지만 사실상 고위 귀족 이상의 권력을 가지고 있었다.

특히 집사에게는 주인의 자식들을 교육시킬 권한이 주어지기 때문에 그 집의 주인이 아니고서는 아무도 집사가 하는 일에 참견을 할 수가 없었다.

용기사나 고위 귀족의 손님도 그러할진대 감히 시녀 따위가 집사장의 앞에서 함부로 행동할 수는 없었던 것이다.

시우가 수상하다는 눈치로 집사장을 노려보자 집사장이 당황했다.

"루리 씨. 당신은 이제 우리 큐란 가의 시녀가 아닙니다. 당신은 정식적으로 임펠스의 혈통을 이은 페르

미온 아리에타 왕녀님의 시녀로 전속되었으니 그렇게
아십시오."

집사장의 말에 루리는 영문을 알 수 없다는 표정으
로 시우를 올려다보았다.

임펠스의 혈통? 아리에타 왕녀님의 시녀가 되었다고?

상황이 도대체 어떻게 돌아가는지 알 수가 없었다.

도대체 시우랑 임펠스의 왕녀님이 무슨 관계란 말
인가?

"자세한 상황은 여유가 생기면 설명할 테니까 지금
은 편하게 있어."

시우의 말에 루리는 말도 없이 고개를 끄덕였다.

"대답은?"

시우가 장난스럽게 묻자 루리는 고개를 폭 숙이고
대답했다.

"알았어요. 오빠."

루리는 그렇게 대답을 하면서 왜인지 콧잔등이 시
큰해졌다.

눈물이 터져 나올 것만 같았다.

그간 그토록 그리고 그렸던 시우가 루리의 곁에 있
었다. 그것이 그렇게 든든할 수가 없었다.

그런 시우와 루리의 대화를 엿듣는 집사장으로서는
시우와 루리의 관계가 어떻게 되는 것인지 영문을 알

수가 없었다.

드래곤이라고 짐작하고 있었는데 저건 무슨 소리란 말인가?

오빠라고? 혹시 시우는 드래곤이란 사실을 숨기고 유희 중인 것일까?

알덴브룩에 협력하는 드래곤들이 당당하게 정체를 밝히고 활동하는 탓에 혼동되었지만 사실 드래곤이 인간 사회에서 활동한다고 한다면 신분을 숨기고 유희를 하는 것이 정석이었다.

그런 사실을 간신히 떠올린 집사장은 시우가 유희 중일 것이라고 짐작했다.

그것은 둘째 치고 시우와 루리의 관계가 생각보다 친밀해 보였다.

집사장의 우려는 점점 깊어만 갔다.

시우는 교육실이라는 곳에 도착하고 눈살을 찌푸렸다.

교육실은 말만 교육실이지 사실상 범죄자를 가두는 감옥과 크게 다를 것도 없었다.

구석에는 채찍을 비롯한 체벌도구도 마련되어 있었다. 교육실이라는 이름의 감옥 전체에 이르러 은은하게 감도는 피비린내와 간간히 흘러나오는 신음 소리에 시우의 뺨이 푸들푸들 떨려왔다.

시우의 전신에서 압도적인 기세가 자연스럽게 흘러나왔다.

"이게 무슨 짓이야."

시우의 말투가 바뀌었다.

시우는 지금까지 근위기사라는 신분에 어울리는 말투를 연기하며 행동해왔다. 귀족들의 매너에 대해서는 서적을 통해 조금 접한 적이 있기 때문에 그것은 어렵지 않은 일이었다.

그러나 지금 이 순간 시우는 더 이상 연기를 할 생각이 없었다.

시우는 이미 용기사 넷을 한 번에 상대해도 결코 자신을 어떻게 할 수 없다는 확신을 가진 뒤였다.

그럼에도 불구하고 굳이 근위기사를 연기한 이유는 딱히 프란드와 다툴 이유가 없기 때문이었다.

시우는 되도록 일을 원만히 해결하고 싶었다.

하지만 로이가 다쳤다고 한다면 더 이상 참을 수는 없었다.

프란드와의 협상이고 뭐고 모든 것은 시우가 소중히 여기는 사람들이 모여서 평화롭게 살기 위한 수단에 불과했다.

그 가장 중요한 시우의 식구가 다쳤는데 프란드와의 협상이고 뭐고가 눈에 들어올 리가 없었다.

시우의 마력이 집사장의 주위를 둘러쌌다.

마력은 자연스레 척력을 띠면서 집사장의 몸을 꾸 깃꾸깃 구겨 넣기 시작했다.

만약 여기에 약간의 힘만 더 보내면 집사장의 몸은 한 덩이 동그란 육편으로 화하고 말 것이었다.

"끄으으!"

"말해. 누가 명령했지? 누가 로이를 이런 곳에 가두 라고 명령한 거야?"

"요, 용서를!"

시우는 물었지만 집사장은 대답하지 않았다.

시우는 그 모습에 겨우 냉정을 되찾았다.

"그래. 이 집에서 최고 명령권을 지닌 것은 프란드였 지."

시우가 중얼거리자 집사장이 반응했다.

"프, 프란드 경께서는 체벌까지는 명하지 않으셨습 니다. 체벌에 관한 모든 것은 제 독단이었습니다."

집사장에게는 그럴 수 있는 권한이 있었다.

어쩌면 그 말이 사실일 수도 있겠지.

그러나 시우는 집사장의 말투에서 이미 프란드를 두둔하기 위한 거짓이라는 느낌을 짐작할 수 있었다.

무위가 극에 달하면 이러한 감각도 같이 성장하는 법이었다.

지금의 시우는 사람들의 영혼을 감지하여 그 사람이 거짓을 말하는지 아닌지 정확히 판단할 수 있는 경지에까지 오른 상태였다.

"웃기지도 않은 소리는 하지 마. 나에게 거짓말은 통하지 않는다."

시우의 손이 밝게 빛나기 시작했다.

참다못해 아우라를 끌어올리기 시작한 것이었다. 그러나 그런 시우의 뒤에서 시우를 끌어안는 작은 손길이 있었다.

"체슈 오빠. 화내지 마세요. 우리 빨리 로이를 구하러 가요."

시우는 루리의 목소리에 마음이 흔들리는 것을 느꼈다.

지금까지 참고 참아왔던 인내심이 드디어 한계에 달했다. 그것이 폭발하려던 순간에 개입한 루리의 말에 시우는 폭주하려는 감정을 간신히 가라앉힐 수 있었다.

"후우!"

시우가 길게 날숨을 내뱉었다.

그와 동시에 주먹에 모여 빛이 나던 아우라가 체내로 갈무리되고 집사장의 전신을 압박하던 마력이 허공으로 흩어졌다.

집사장은 마력이 발하던 압력에서 해방되어 바닥에 널브러졌다.

아직 팔다리의 관절이 뻐근하여 힘이 들어가지 않았지만 집사라는 입장이 되어서 바닥을 구를 수는 없었다.

집사장은 자리에서 일어나 허리를 꾸벅 숙였다.

"용서해 주셔서 감사합니다."

"감사는 내게 할 것이 아니라 루리에게 해야 할 것이다."

집사장은 시우의 말에 토를 달지 않고 루리에게 공손히 허리를 숙이며 감사 인사를 했다. 그러나 그런 집사장도 몰랐을 것이다. 만약 여기서 루리가 시우를 말리지 않았더라면 프란드의 가문인 큐란 가는 오늘부로 멸문했을지도 모른다는 사실을.

시우는 더 이상 얼굴도 보기 싫다는 듯 감옥의 통로로 눈길을 돌렸다.

"로이가 있는 곳으로 안내해."

집사장은 부들부들 떨리는 다리로 천천히 걸음을 옮기기 시작했다.

로이가 수용되어 있는 감옥은 그렇게 멀지 않았다.

시우는 로이가 수용되어 있는 감옥을 들여다보고 할 말을 잃었다.

이미 이 교육실의 꼬라지를 보고 로이가 어떤 대우를 받고 있을 지는 예상하고 있었지만 생각으로 추측을 하는 것과 현실을 직시하는 것에는 확연한 차이가 있었다.

속에서 부글부글 끓는 원력과 마력을 눌러 참는 것이 한계였다.

로이는 어딘가 뼈가 부러졌는지 불편한 자세로 누워 바람 새는 숨소리를 내며 잠들어 있었다.

루리가 먼저 철창을 붙들었다. 그런 그녀의 눈에서는 눈물이 흘러내리고 있었다.

"로이! 누나가 왔어!"

꿈틀하고 반응을 보인 로이가 끙끙거리며 몸을 일으켰다.

"누나?"

"봐! 체슈 오빠도 있어!"

"…체슈 형……?"

시우는 눈물이 나올 것 같아 얼굴에 인상을 팍 쓰며 대답했다.

"그래. 형 왔어."

시우는 슬며시 손에 아우라를 일으켜 철창을 후려졌다.

철창은 세실강 만큼은 아니어도 항마력과 항원력을

가진 비싼 금속이었지만 시우의 아우라 앞에서는 평범한 강철과 다를 바가 없었다.

차라랑!

금속이 날카롭게 잘려나가 바닥에 흩어졌다.

시우는 감옥의 안으로 들어가 손을 뻗었다.

철창이 마력의 침입을 방해하고 있었기 때문에 마법으로 로이의 상처를 치료해주기 위해선 안으로 들어갈 수밖에 없었다.

"[힐링!]"

시우의 손에서 생명력회복 마법스킬이 펼쳐지자 로이의 상처는 거짓말처럼 말끔히 나아버렸다. 전신에 걸쳐 흉터 따위의 흔적이 남아 있었지만 그것은 나중에 포션을 먹이면 지울 수 있었다.

시우는 그제야 로이를 품에 안아주었다.

로이는 그 따듯한 품안에서 눈을 동그랗게 뜨고 있었다.

"꿈이 아닌 거지?"

"그래. 진짜야. 진짜 형이 왔어."

로이가 시우를 마주 안았다.

그리고 시우의 가슴에 고개를 묻고 눈물을 흘렸다.

"왜 이렇게 늦었어!"

"미안해."

로이는 시우의 품속에서 투정을 부리며 그렇게 한참 동안 울고 있었다.

시우는 한참이나 로이를 어르며 흐느낌이 더 이상 들려오지 않자 입을 열었다.

"그건 그렇고 그 작던 꼬맹이가 벌써 이렇게 자랐네."

시우는 허리춤까지 오던 로이의 키가 벌써 가슴팍에까지 올라왔다는 사실에 놀랐다.

어리고 어려서 언제까지나 어릴 줄만 알았던 로이에게서 소년티가 나기 시작했다.

분명 마지막으로 보았을 때는 125센티미터밖에 되지 않던 키가 149센티미터까지 자라 있었다.

시우는 내심 이것이 성장기인가 싶었다.

이런 폭발적인 성장이라니.

대충 계산해도 월 1센티미터가 넘는 페이스로 자라왔다.

어째서 이렇게 성장한 거지?

시우는 잠시 생각에 잠겼지만 이유는 명확했다.

시우와 만나기 전까지는 먹을 것도 부족하고 스트레칭이나 운동의 개념이 부족해서 성장을 하려고 해도 할 수가 없었다.

그러나 시우와 만난 뒤로는 식사의 영양도 풍족해지고 또 시우를 따라 검술을 훈련한답시고 스트레칭으로 성장판을 자극하게 되어 폭발적인 성장을 이룬 듯했다.

물론 해가 지면 등불의 기름이나 마광구의 마력을 아끼고자 일찍 잠이 드는 이 세계의 문화에 따라 이른 수면을 취한 것도 성장에 크게 한 몫을 했을 것이고 말이다.

11살의 나이로 150에 가까운 키라면 전부 성장했을 때는 시우의 키를 넘어설 지도 모르는 일이었다.

시우는 어쩐지 아쉬운 기분이 들었다.

로이가 이렇게 자라기까지 그 성장과정을 놓친 것 같아 안타깝기가 한량없었다.

시우의 말에 콧물을 훌쩍이던 로이가 대답했다.

"벌써가 아니야. 1년 안에 돌아온다면서! 약속 시간에서 8개월이나 늦어졌잖아!"

키는 컸지만 그래도 로이는 로이인 모양이었다. 시우는 투정을 부리는 로이의 머리를 쓰다듬으며 머리칼을 마구 헝클었다.

"배고프지 않아? 식사라도 하러 갈까?"

로이는 그제야 곁에서 시우 일행을 바라보는 집사장을 발견하고 몸을 움츠렸다.

그 모습에 시우는 속으로 울컥했지만 더 이상 프란
드나 집사장을 채근하지는 않기로 했다.

"집사장."

"예. 체슈 경."

"나와 이 아이들이 지낼 숙소로 안내하도록. 식사는
내가 직접 요리할 테니 필요 없다. 또한 이 아이들이
가지고 있었던 아이템, 마법도구를 돌려받고 싶은데.
만약 못 주겠다면……."

시우는 더 이상 말을 하지 않았지만 집사장은 마른
침을 삼키며 고개를 끄덕였다.

"알겠습니다. 일단 숙소로 안내하겠습니다. 따라오
십시오."

로이는 놀란 표정으로 시우를 올려다보았다.

설마하니 프란드의 성 안에서 집사장에게 명령을
내릴 수 있는 존재가 있을 줄은 상상도 못했기 때문이
었다. 하물며 명령을 내리는 사람이 체슈라니, 로이는
상황이 어떻게 흘러가는지 이해할 수 없었다.

"모든 것은 식사를 하면서 설명하도록 할게."

"…응!"

그러나 로이는 이제 어떤 사연이 있었는지는 아무
런 상관없었다.

체슈 형아가 있고 루리 누나가 있었다.

꿈에 그리던 화목한 가족이 겨우 한 자리에 모인 것
이다.

로이는 이 이상 아무것도 필요가 없었다.

시우는 그간 쌓아온 실력을 원 없이 발휘했다.

전생에서 먹어본 현대 음식, 현생에서 익힌 왕실 요
리, 거기에 더해 아리에타에게 지적을 받은 후 연습해
온 데코레이션으로 음식을 꾸미자 시각, 후각, 미각과
식감을 모두 만족하는 훌륭한 식탁이 완성되었다.

그 완성도로 따지자면 한 국가의 수석 요리사와 비
견될 정도였고 오히려 풍부한 맛의 종류와 요리의 종
류로 따지자면 시우를 따라올 요리사가 없었다.

물론 살려두기 위해 제공한 최소한의 음식만을 먹
으며 제법 장기간 옥살이를 해온 로이에게는 위나 장
기에 부담이 되지 않는 요리로 식단을 준비했다.

오랜만에 시우의 요리를 맛본 루리와 로이는 감탄
을 금치 못했다.

"맛있어!"

"으음, 저도 요리 실력은 조금 늘었는데 오빠는 따
라갈 수가 없네요."

시우는 허겁지겁 음식을 먹는 두 남매의 모습에 흐
뭇한 표정을 지었다.

"너무 급하게 먹지 마. 특히 로이는 음식을 꼭꼭 잘 씹어 먹어."

시우는 음식을 씹느라 말도 못하고 고개만 열심히 끄덕이는 로이의 모습을 확인하고 식사를 시작했다.

그간 있었던 일, 하고 싶은 이야기를 나누며 시우는 지금의 상황이 어떻게 된 것인지 설명했다.

수아제트의 탑에서 세리카가 인질로 붙잡힌 일, 알테인의 숲에서 훈련을 한 일, 세리카를 되찾기 위해 드래곤을 사냥한 일, 그러나 수아제트의 탑은 찾지 못했다는 이야기.

두 남매는 시우의 이야기를 들으며 세리카가 인질로 잡혔다는 사실에 안타까워하면서도 마치 동화에서나 듣던 용사와 같이 드래곤을 사냥했다는 이야기에선 두 눈을 반짝이며 흥미를 보였다.

동면을 취하는 것도 아닌 드래곤을 사냥했다는 내용은 상식적으로 굉장히 허무맹랑한 이야기였지만 그들은 시우의 업적을 추호도 의심하지 않는 눈치였다.

그리고 시우는 마룡 베네모스의 목적에 대해서도 이야기를 꺼냈다.

"그래서 세리카를 구하려면 수아제트의 탑을 먼저 찾아야 해. 그것도 도움을 받고 또 마룡 베네모스가 더 이상 인간 사회를 부수지 못하도록 페르시온 제국

과 손을 잡으려고 한 거야. 하지만 난 평민이잖아? 그
래서 여정 도중에 만난 아리에타 공주의 도움을 받기
로 한 거지."

두 남매는 시우의 말을 전부 듣고 잠시 침묵을 유지
했다.

그 침묵 속에서 먼저 입을 연 것은 로이였다.

"그런데 그 모습은 어떻게 된 거야? 머리는 염색을
하면 될지 모르겠지만 눈도……."

시우는 목에 걸고 있던 드래곤 하트의 목걸이를 보
여주었다.

"내가 드래곤을 사냥했다는 것은 이미 말했지? 이
건 그 드래곤의 드래곤 하트야. 드래곤 하트에는 마
력의 주인인 드래곤의 원력이 잠들어있어. 나는 그
마력을 손에 넣기 위해 드래곤의 원력과 동화했지.
그랬더니 이렇게 변해버린 거야. 포스칸이나 알테인,
수인족들이 원력을 끌어올리면 육체에 변화가 생기
듯이."

시우는 드래곤 하트와의 동화를 끊어 흑발흑안의
모습을 보여준 뒤 다시 백발적안의 모습으로 돌아왔
다.

"줄곧 내 이야기만 했는데 너희도 그간 있었던 일을
들려줘."

시우의 말에 루리는 어렵게 입을 떼었다.

알덴브룩이 전쟁을 일으켜서 포로가 된 일, 노예로 팔려온 일, 프란드의 성에서의 생활, 시녀로서 교육을 받은 일, 로이가 프란드에게 거역한 일 등을 이야기하며 루리에게 잘 대해 주었던 하녀장의 이야기나 로이와 친했던 시동의 이야기들과 같이 그간 두 남매가 겪었던 이야기들을 들을 수 있었다.

그렇게 한참 이야기를 나누던 시우는 이내 집사장이 찾아온 걸 느끼고 시선을 돌렸다.

똑똑.

"체슈 경, 집사장입니다. 말씀하셨던 마법도구를 가져왔습니다."

"그래. 들어와."

시우의 허락에 집사장은 조심스럽게 문을 열고 시우 일행의 숙소로 들어왔다.

그런 집사장의 표정은 조금 어두웠다. 그것을 눈치챈 시우는 고개를 갸웃거렸다..

집사장의 손에는 공간압축마법이 걸린 주머니가 들려있었는데 거기에는 루리와 로이가 가지고 있던 아이템들이 들어있었다.

프란드는 주머니에서 아이템을 하나씩 하나씩 꺼냈다.

혹시 겉모습만 따라한 가짜가 없는 지 그것들을 하나하나 살펴보던 시우는 아이템이 하나 부족하다는 것을 눈치챌 수 있었다.

"목걸이가 하나 없는데? 어떻게 된 일이지?"

시우의 질문에 집사장은 식은땀을 흘리며 허리를 숙였다.

"죄송합니다. 너무도 급한 일이었던지라 회수에 어려움이 있어서……"

"설마 판 거야?"

시우는 그럴 수도 있다는 생각에 물었다.

하지만 집사장은 고개를 저었다.

"그것이 아니고 그게……."

"그럼 무슨 일인데?"

"목걸이를 소지하신 분이 돌려줄 수 없다고……."

집사장은 굉장히 어렵게 이야기를 꺼냈다.

그만큼 어려운 상대인 모양이었다.

그러나 시우는 이해할 수 없었다.

"너, 프란드에게 양해를 구하고 마법도구를 돌려받은 것 아니었어? 그런데 프란드의 명령에 거역하는 녀석이 있단 말이야?"

경칭이 생략된 시우의 말투에 집사장의 눈썹이 꿈틀거렸다.

시우가 존대를 하지 않는 것은 이해한다 치고 프란드를 부를 때 경칭이 생략되는 것은 그의 집사로서 굉장히 예민한 일이 아닐 수 없었다.

그러나 이내 겨우 상대가 드래곤일지도 모른다는 사실을 떠올린 집사장은 목구멍까지 올라온 불만을 집어삼켰다.

"그야 물론 프란드 경께 양해를 구했습니다. 하지만 상대는 프란드 경도 어떻게 하실 수 없는 분인지라."

"뭐야?"

시우는 눈을 동그랗게 떴다.

크란데는 일개 도시였지만 체계는 독립된 하나의 국가와 크게 다르지 않았다.

그리고 프란드는 그곳의 왕과 같은 존재였다.

그런데 그런 왕의 명령을 거역하다니?

조금은 상황이 달랐지만 조금 과장하자면 국가 반역죄에 처할 수 있는 행위였던 것이다. 프란드가 가진 재력이라면 진짜 왕이 아니더라도 그런 행위가 가능했다.

시우는 정말 궁금해져 물었다.

"그게 누군데?"

"큐란 레이나 영애십니다."

시우는 그제야 상황을 파악하고 쯧쯧 혀를 찼다.

"성이 큐란이라면 프란드의 딸?"

보아하니 흔히 있는 케이스였다.

피붙이라고 예뻐하며 오냐오냐 키웠더니 어느새 머리 위에 올라가있는 그런 경우.

"그래서 못 돌려주겠다고?"

시우의 질문에 집사장은 뭐라고 확답을 할 수가 없었다.

"…되도록 빠른 시일 안에 돌려드리도록 하겠습니다. 부디 노여움을 풀어주십시오."

"노여움은 무슨. 됐으니 물러가. 마법도구는 내가 직접 되찾을 테니까."

시우의 말에 집사장은 이 이야기를 반겨야 할지 우려해야 할지 알 수 없었다.

그러나 집사장의 권한으로는 시우의 말에 참견을 할 수도 없었다.

드래곤을 접대하는 예의라니, 그것은 오랜 생활 프란드의 집사로서 활동한 집사장도 겪어본 일이 없는 새로운 일이었으니까.

그가 지금 할 수 있는 행동이라곤 시우의 말에 따라 물러가 이 일을 프란드에게 보고하는 것 정도였다.

프란드의 성에는 여래 채의 별채가 지어져 있었다.

성문으로 들어와 정원을 10분가량 가로 질러 가장 처음 나타나는 성이 프란드가 거주하는 주성이고 그 외에 사유지 내에 지어진 별채들은 프란드의 처와 첩, 그리고 그 자식들이 거주하는 저택들이었다.

주성인 프란드의 성보다는 못하다고 하나 프란드의 성은 왕성보다도 크고 화려했다. 별채라고는 해도 그 규모에 있어서는 여느 귀족들의 영주성보다 크고 화려했다.

그 뿐만 아니라 프란드에게 고용된 수많은 고용인들,

그런 탓에 처음 큐란 가를 방문한 손님이 고용인의 안내 없이 성내를 돌아다니면 길을 잃기 십상이었다.

그만큼 큐란 가의 사유지는 넓었다.

시우는 지나가는 고용인들을 붙들고 큐란 레이나의 거처를 물어물어 찾아가야만 했다.

주성에서 별채를 찾아가는 것뿐인데 영지 바깥의 잘 포장된 도로를 거니는 기분이 들다니. 아무리 돈이 많았다고는 해도 이럴 필요까지 있었을까 싶었다.

그냥 살기 좋게 건물을 다닥다닥 붙여놓았으면 편

하지 않았을까?

그래서는 넓은 사유지를 활용하지 못하는 기분이 들었던 것일까?

시우는 알 수 없었다.

그렇게 투덜거리며 길을 찾아가니 드디어 그럴 듯한 저택이 눈에 들어왔다.

건물 자체는 비교적 아담하지만 마석을 통해 물을 뿜는 분수가 설치되어있고 아리따운 소녀를 조각한 대리석상이 이곳저곳에 세워져 있었다.

아마 큐란 레이나의 어렸을 모습부터 지금에 이르기까지를 조각상으로 남긴 모양이었다.

시우는 턱을 쓰다듬으며 그것을 감상했다.

실제 큐란 레이나가 어떻게 생겼는지 알 수 없으나 이 조각상들이 사실적으로 표현된 것이라고 보자면 레이나는 아름다운 여인인 모양이었다.

적어도 이 조각상들은 시우의 심미안에 흡족한 아름다움을 내포하고 있었다.

그것을 구경하고 있자니 뒤에서 누군가 흠칫 놀라는 기척을 감지할 수 있었다.

시우는 그것을 알아챘지만 굳이 아는 체는 하지 않았다.

"…저, 저기 당신은 누구시죠?"

시우는 한 여성의 목소리에 질문을 받고서야 시선을 돌려 그녀를 돌아보았다.

하녀복을 입은 모습으로 보아 레이나의 저택에서 봉사하는 하녀인 모양이었다.

하녀는 시우의 얼굴을 알아보고 몸을 흠칫 떨었다.

지난밤, 큐란 가에 봉사하는 모든 하인들에게 충고가 있었다.

첩자를 골라내면서 보았던 하얀 머리의 기사는 드래곤일 가능성이 큰 인물이니 결코 심기를 어지럽히는 일이 없도록 처신하라고 몇 번이나 반복해서 당부를 받았던 것이다.

하녀는 서둘러 고개를 푹 숙였다.

"체슈님이셨군요. 무례를 용서해주시기 바랍니다. 여긴 어인 일로 찾아오셨는지요."

시우는 설마하니 상대가 자신을 알아볼 것이라곤 생각지도 못해 조금은 당황했다.

그러나 그러려니 했다. 이미 큐란 가의 모든 하인들은 시우와 일면식이 있는 상태였으니까. 시우의 얼굴을 모르는 자는 첩자가 빠져나가면서 생긴 공란을 메우기 위해 새롭게 고용된 하인들뿐이었다.

"아아, 큐란 레이나인지 뭔지 하는 여자를 좀 만나

려고 찾아왔어."

시우의 천박한 말투에 하녀는 흠칫 몸을 떨었다.

만약 아무것도 모르는 상태로 손님에게 저런 처우를 받았더라면 경박하다고 눈살을 찌푸렸을지도 모르는 일이었다.

그러나 시우가 드래곤일지도 모른다고 생각하니 저런 말투가 당연하다고 느껴졌다.

하녀는 두려웠지만 여기선 그녀의 직무를 수행해야만 했다.

"아직 이른 아침이기에 레이나 영애께서는 손님을 맞을 준비가 되시지 않으셨습니다. 괜찮으시다면 제대로 절차를 밟아 언제, 무슨 용무로 찾아오실지 미리 기별을 넣어 허락을 받으신 후 방문해주시길 바라겠습니다."

하녀는 급하게 말을 내뱉고 조마조마한 마음으로 시우의 눈치를 보았다.

헤카테리아 대륙인이라면 누구나가 어려서 한 번쯤은 듣는 것이 드래곤의 이야기였다.

하녀는 어린 시절 침대 밑에서 어머니의 입에서 그런 이야기를 제법 많이 들어봤다. 그 중에서 하나가 바로 인간세상으로 유희를 나온 드래곤에 대한 이야기였다.

인간으로 둔갑한 드래곤은 정체가 발각되면 쉽사리 죽을 수도 있기 때문에 반드시 정체를 숨기며, 유희를 하는 동안에는 인간세상의 규칙을 철저히 지킨다는 그러한 이야기였다.

하녀가 믿은 것을 어린 시절 어머니가 해주신 그 이야기뿐이었다.

그러나 시우는 드래곤이 아니었다.

이제는 인내심이 한계에 달해 더 이상 답답한 연기를 할 생각도 없었다.

"만약 괜찮지 않다면? 애초에 그 레이나라는 여자는 내 식구를 노예로 부리고 내 식구가 가지고 있던 마법도구를 강탈해 사용했으며, 이제 그 노예가 해방되었음에도 불구하고 마법도구를 돌려주지 못하겠다고 고집을 부리는 여자다. 내가 왜 그런 여자에게 예의를 차려야 하지?"

하녀는 시우의 말이 터져 나올 때마다 안색이 파리하게 변해갔다.

시우가 하는 말을 전부 이해하지 못해 상황판단이 전혀 되지 않았지만 적어도 이 드래곤이 무척 화가 나 있다는 사실만은 잘 알 수 있었기 때문이었다.

하녀는 넙죽 엎드리며 외쳤다.

"부디 노여움을 풀어주십시오!"

그에 시우는 깜짝 놀랐다.

루리와 로이가 겪었던 고생을 생각하면 절로 화가 났지만 이 하녀에겐 잘못이 없었다.

시우는 멋쩍은 표정으로 '어휴!' 하며 뒷머리를 마구 헝클었다.

"그만 일어나시오. 나는 화나지 않았소."

시우의 말투가 바뀌었다.

생각해보니 눈앞의 하녀처럼 신분이 낮은 자들은 거친 말투를 대하는 것만으로도 심히 위축될 수 있다는 생각이 들었던 탓이었다.

아무리 시우의 말투가 거칠었다고는 해도 너무 심하게 두려워하는 감이 없잖아 있었지만 시우는 이미 스스로가 큐란 가에서 거의 드래곤 취급을 받고 있다는 사실을 모르고 있었다.

시우는 하녀에게 일어나라고 말했지만 시녀는 바닥에 넙죽 엎드린 상태에서 꼼짝도 하지 않았다.

"…소녀, 체슈님을 저택에 들이면 문책을 면치 못합니다. 부디 지금은 이 소녀를 가엾이 여기고 다음을 기약해 주실 수는 없으신지요."

하녀는 얼굴을 바닥에 처박고 부들부들 떨면서 그렇게 말했다.

그녀가 지금 할 수 있는 것은 정에 호소하는 것뿐이었다.

드래곤에게 정을 호소하다니, 하녀는 스스로 하는 일에 회의감이 들었지만 그녀는 스스로 모를 뿐 그녀의 행동은 효과가 컸다.

시우는 고개를 절레절레 젓다가 하녀의 손을 잡아 강제로 일으켰다.

"됐소. 알았소. 그만 일어나시오. 먼저 기별을 넣고 방문하리다. 대신 지금 당장 부탁하오. 체슈 근위기사가 자신의 물건을 돌려받으러 왔다고 전해주시면 알아들을 것이오."

하녀는 잠시 상황판단을 못한 듯 어리둥절한 표정을 짓다가 정신을 차렸다.

"아, 알겠습니다!"

하녀는 치렁치렁 뛰는데 방해가 되는 치마를 걷어 올리고 후다닥 저택으로 뛰어 들어갔다.

그리고 잠시 후 저택에서 나온 것은 레이나로 짐작되는 아가씨와 흉흉한 기세를 흩뿌리는 기사들이었다.

마중을 나오는 것이었다면 좋으련만, 그것은 아니었다.

문전박대.

시우는 저택에 들어가 보지도 못하고 박대를 받

았다.

"체슈인가 하는 기사여. 당장 꺼져라. 이곳은 큐란 레이나 영애께서 머무는 저택. 네놈의 더러운 흙발을 들일 수 있는 곳이 아니다."

시우는 한 기사의 외침에 고개를 끄덕였다.

이거였다.

시우가 생각했던 이 세계의 보편적인 귀족.

귀족이라는 높은 신분을 내세워 약자를 억압하는 존재.

그러한 귀족들의 상위에 존재하는 왕족, 아리에타는 시우에게 몸을 의탁하고 약한 모습만 보여줬다. 워낙에 겪은 일들이 많아 그것은 이해가 되었다.

다음으로 프란드. 그는 이곳 크란데의 통치자였다.

그럼에도 불구하고 시우의 무례에 한 마디 반항도 하지 못했다.

시우를 드래곤이라고 추측했기 때문이기도 했지만 그는 통치자로서의 삶보다 평민 출신의 상인으로서 활동한 삶이 더욱 길었기 때문에 신분의 고하에 얽매이지 않았다.

반면 이미 크란데의 통치자가 된 아비에게서 태어나 무소불위의 권력을 누려온 큐란 레이나는 시우가 생각하는 보편적인 귀족의 사고방식이 틀에 박혀있는 상태였다.

시우는 성문에 비견되는 거대한 대문 앞에 대치하고 선 인물들을 살펴보았다.

그런데 이상하게도 기사들의 면면이 낯설었다.

분명 시우는 지난 밤 성내에 존재하는 모든 고용인들을 한 자리에 모아 첩자를 색출했다. 그리고 그것은 기사라고 예외가 아니었다. 그렇기 때문에 프란드의 성내에 시우의 눈에 낯선 인물이 있다는 것은 말이 되지 않았다. 그럼에도 불구하고 시우가 못 본 상대라고 한다면 하룻밤 사이에 새롭게 고용된 기사단이거나 어제 저녁에 있었던 첩자 색출의 자리에 출석을 하지 않았다는 이야기가 되었다.

그러나 하룻밤 사이에 저만한 기사를 마련하기도 힘들거니와 마련했다고 해서 고작 하룻밤 사이에 저토록 자연스럽게 권력을 남용할 인물이 있을 거라곤 생각하기 힘들었다.

아마도 저들은 첩자 색출에 출석을 하지 않은 기사들인 모양이었다.

그리고 그러한 시우의 추측은 맞았다.

레이나는 자신의 기사단에 첩자가 있을 리가 없다는 이유로 출석을 거부했다. 그런 그녀의 고집에 프란드는 어쩔 수 없이 그들을 제외한 고용인들만을 모아왔던 것이었다.

그리고 이내 시우의 시야로 기별을 넣으러 들어갔던 하녀의 얼굴이 들어왔다.

그녀는 얼굴에 빨간 손바닥자국을 진하게 남기고 허둥대며 어쩔 줄을 몰라 하고 있었다.

시우를 쫓아내자 못하고 기별을 전달했다는 이유로 뺨을 맞은 모양이었다.

시우는 그것을 확인하고 다시 시선을 레이나에게로 돌리며 씨익 웃었다.

놈들은 시우의 행동에 대해 가장 해선 안 될 대처를 하고 말았다.

"그래서? 내 물건은 못 돌려주겠다는 소리냐?"

시우는 하녀에게 반 존대를 했던 것에 반해 기사에게는 반말을 했다.

기사는 그런 시우의 말투에 발끈했지만 레이나가 그의 발언권을 가로 막았다.

레이나는 직접 기사들의 앞에 나서며 허리춤에 손을 짚고 삐딱하게 섰다.

"그게 어째서 네 녀석의 물건이지? 그건 우리 아빠가 상납금으로 받은 노예의 물건이다. 그러니 그 물건은 노예를 소지하고 있던 우리 큐란 가의 물건이라 할 수 있지."

"그 노예는 해방되었다. 그 물건을 소지하고 있던 루리와 로이는 정식적으로 임펠스의 혈통이신 페르미온 아리에타 공주님의 하인이 된 바, 그들이 소지하고 있던 물건도 아리에타 공주님의 물건이라 할 수 있지."

시우의 말에 레이나는 아미를 찌푸렸다.

시우가 어쩌면 드래곤일지도 모른다는 이야기는 이미 프란드를 통해 들은 상태였다.

그러나 레이나는 시우가 절대 드래곤일 리가 없다고 생각했다.

그도 그럴 것이 놈이 진짜 드래곤이라면 고작 이 따위 싸구려 마법도구를 되찾기 위해 이런 귀찮은 일을 할 필요는 없다고 생각했던 것이다.

집사장은 이 마법도구가 드래곤이 직접 만든 마법도구일 가능성에 대해서 언급하긴 했지만 만약 그렇다면 다시 하나 더 만들면 될 일이지 왜 정체가 발각될 위험을 감수하고 이런 짓을 한단 말인가?

레이나의 머릿속에서 시우는 이미 망국의 공주에게 빌붙어 허망한 꿈을 꾸는 사기꾼에 지나지 않았다.

아빠에게 무슨 소리를 했는지는 모르겠지만 설마 드래곤인 시늉을 할 줄이야.

만약 용기사들과 시우가 대치하고 서로를 견제했던

이야기에 대해서 언질을 들었다면 생각이 달라졌을지도 몰랐지만 레이나는 시우가 드래곤일지도 모른다고 들었을 뿐이지 그 실력에 대해서는 일체 듣지 못한 상태였다.

"네 놈 너무 건방져. 나는 크란데를 통치하는 큐란 가의 영애 레이나다. 무릎 꿇어 용서를 빌어라. 그리 하면 형벌로써 채찍질 100대로 용서해주마."

"매질인가. 그거 좋지."

시우는 피식 웃음을 터트리고 입을 열었다.

"그럼 나도 제안하지. 지금 당장 네 옆에 있는 하녀 에게 뺨을 때린 것을 사과하면 궁둥이 팡팡 10대로 용 서해주마."

시우의 말에 레이나의 얼굴이 빨갛게 달아올랐다.

치욕이었다.

고작 준귀족의 근위기사 따위에게 저런 소리를 듣다니.

"…내가 내 하녀에게 손찌검을 하건 말건 네가 무슨 상관이지? 애초에 이 아이가 맞은 이유나 알고 하는 소 리야? 너 때문이라고. 네가 고집을 부려서 나를 만나 려고 했고, 이 아이는 널 쫓아내지 못했으니까 나에게 맞은 거야. 그것을 마치 나쁜 것처럼 말하는데, 애초에 이 여자는 노예로 팔려가 이리저리 굴려질 운명이었어. 그것을 내가 거둬 나를 섬길 수 있는 영광을 허락했는데 그녀에게 주어진 몇 가지 간단한 일도 소화하지 못해서야 체벌을 내리는 것은 당연한 일이잖아!"

레이나는 얼굴을 잔뜩 붉힌 채 구구절절하게 변명했다.

왜 모를까. 흘러가는 정황상 나쁜 사람 취급 받는 것이 레이나 본인이라는 것을. 그러나 진정 잘못된 행동을 한 사람이라도 누군가에게 나쁜 사람 취급을 받는 것은 기분 나쁜 일이었다.

그것이 평생을 칭찬과 아부로 점철된 인생이었다고 한다면 더욱.

그래서 시작한 변명이었는데 말을 마치고 나니까 기분이 더욱 더러워졌다.

'왜 내가 변명하지 않으면 안 되는 거야.' 라는 생각으로 짜증과 분노, 그리고 그 저변에 깔린 부끄러움이 레이나의 기분을 마구 헝클어버린 것이다.

그리고 저 궁둥이 팡팡이라는 말도 말이다.

다 큰 처녀로써, 그리고 큐란 가의 꽃이라고까지 불리는 영애로써 그의 말은 그녀가 허용할 수 있는 한계점을 넘어서고 있었다.

"…이제 됐어. 짜증나니까 저 하얀 머리를 내 앞에 무릎 꿇려. 이제 와서 용서를 구한다고 해도 소용없

어. 너는 생포해서 내가 직접 오랫동안 굴욕을 맛보여
주겠어."

레이나의 명령에 대문에 대치하고 서 있던 십 수 명
의 기사들이 앞서 나갔다. 레이나의 곁에 남은 것은
그들 중 우수한 실력을 가진 3명의 기사뿐이었다.

시우를 생포하기 위해 앞서 나온 기사들이 검을 뽑
아들었지만 그들을 단신으로 상대할 시우는 태평하기
그지없었다.

조금 귀찮기는 했지만 그들로서는 결코 시우의 상
대가 될 수 없었으니까.

그래도 힘 조절을 하는 것은 귀찮았던지라 시우는
자세를 고쳐 잡고 전력으로 살기를 피워내기 시작했
다.

기사들이란 원력을 극도로 단련한 자. 즉, 영혼이
강한 자였다.

그러나 그런 원력의 영역에서 극한의 경지에 오른
시우의 살기는 그러한 기사들의 영혼조차 제압할 수
있는 수준이었다.

시우의 살기에 걸음을 옮기던 기사들의 걸음이 멈
췄다.

그들의 등 뒤로는 식은땀이 줄줄 흘렀고 더 이상 걸
음을 옮길 수가 없었다.

이내 들고 있던 검에서 달그락 소리가 나도록 덜덜 떨기 시작했다.

물러날 수조차 없었다.

생물은 천적과 마주치면 공포로 돌이 된 듯 꼼짝도 하지 못한다.

뱀과 마주친 개구리처럼, 고양이와 마주친 시궁쥐처럼.

이러한 현상은 이성이 없는 동물들에게 나타나는 특징이었다.

그러나 그것이 이성이 강한 인간에게도 나타나고 있었던 것이다.

시우는 그 영혼마저 위축시키는 강렬한 살기를 유지하며 기사들의 틈바구니를 지나쳐 레이나를 바라보았다.

"뭐, 뭐야! 다들 왜 그래! 내 말이 안 들려? 하얀 머리를 공격하란 말이야!"

그러나 레이나의 말에도 움직일 수 있는 기사는 없었다.

시우는 이곳에서 오로지 레이나와 하녀에게만 살기를 자제하고 있었다.

시우의 살기는 이제 흉기의 수준이었다. 원력을 단련하지 못한 그녀들이 시우의 살기에 접하면 영혼에 직접적인 타격을 입을 수도 있고 기가 약한 경우 그 충격으로 죽음에 이를 수도 있었다.

물론 아까 시우를 대하던 하녀의 태도나 고집이 강한 레이나의 성격으로 보건데 기가 약한 것처럼은 보이지 않았지만 전투능력도 없는 그녀들에게 살기를 뿌릴 이유도 없었다.

그 덕분에 하녀와 레이나는 자유롭게 움직일 수 있었지만 그녀들이 할 수 있는 일은 없었다.

시우가 다시 걸음을 옮겨 레이나에게 다가가려하자 그녀를 지키기 위해 남아있던 세 명의 기사들이 가까스로 몸을 움직여 검을 뽑아 들었다.

그러나 그들의 전신은 공포에 잠식당해 덜덜 떨리고 있었다. 결코 싸울 수 있는 상태가 아니었다.

시우는 리네를 뽑아 휘둘렀다.

아우라를 끌어올릴 것까지도 없었다.

검을 쥐고 있을 힘도 없는 기사들의 검을 가볍게 후려치자 간단히 아귀에서 벗어나 저만치 날아갔다.

검을 놓친 기사들은 결국 그 자리에 풀썩 무릎을 꿇고 쓰러졌다.

이제 시우의 행동을 막을 수 있는 자는 아무도 없었다.

레이나는 그제야 일이 잘못 돌아가고 있음을 깨달았다.

도대체 뭐란 말인가? 이 비현실적인 광경은?

왜 기사들은 저 하얀 머리에게 제대로 대항 한 번 하지 못하고 쓰러졌지?

설마하니 저 하얀 머리가 정말 드래곤이라도 된단 말인가?

레이나의 뇌리로 어지러운 상념이 떠다녔다.

그리고 겨우 시우가 드래곤일 가능성에 대해서 떠올리자 레이나의 얼굴이 창백하게 질려갔다.

"서, 설마 당신, 정말로 드래곤……?"

"뭐? 드래곤이라니 그게 무슨 소리야?"

레이나는 시우의 질문에 두 손을 들어 스스로의 입을 틀어막았다.

'실수했다!'

유희 중인 드래곤의 정체를 알아냈을 때, 가장 하면 안 되는 행동이 있다.

그것은 바로 드래곤의 정체를 드러내는 것.

만약 드래곤의 정체를 알아냈다고 해도 결코 드래곤 본인에게 혹시 드래곤이 아니냐는 질문은 해서는 안 되는 것이었다.

정체를 발각당한 순간 드래곤의 유희는 끝나고 더 이상 드래곤이 인간들의 규칙에 얽매일 이유는 없어지니까.

운이 좋다면 드래곤은 자신의 탑으로 얌전히 돌아가겠지만, 만약 유희 중에 마음에 들지 않았던 인간이 있었다면 유희가 끝나는 순간 드래곤의 분노를 맛볼 수 있을 것이다.

특히나 레이나는 그 드래곤에게 건방지다느니 무릎을 꿇으라느니, 채찍질 100대로 용서해 주겠다느니 하는 폭언을 내뱉은 직후였다.

만약 여기서 드래곤의 유희가 끝난다면 가장 먼저 목숨을 잃는 것은 레이나가 되겠지.

그 공포감에 다리에 힘이 빠진 레이나가 주저앉아 울먹이는 모습을 내려다보던 시우는 '아!' 하고 감탄사를 냈다.

이제야 프란드의 소극적인 행동을 이해할 수 있었다.

아마 제일 처음 시우가 이곳에 들어올 때 보였던 인간을 초월한 힘을 느낀 용기사, 혹은 그 파트너 드래곤은 시우를 드래곤일지도 모른다고 의심을 했을 것이다.

실제로 시우는 파트너 드래곤 중 하나인 리타에게 '오빠는 드래곤이 아니냐?'는 질문을 받기도 했었다.

만약 그러한 의심이 프란드에게 보고되었다고 한다면 앞뒤가 맞았다.

시우의 무례한 행동에도 지적 한 마디 못하고, 해방된 노예의 물건을 돌려달라는 요구에 꼼짝도 못하고 들어주었던 행동들이 말이다.

시우가 프란드와 협상을 맺기 위해서 가장 큰 산은 더 이상 큐란 가를 감시하는 드래곤이 없다는 것을 증명하는 것이었다. 아무리 협상의 조건이 간단해도 알덴브룩 제국에 배신을 발각당하면 크란데는 알덴브룩 제국의 공격을 받게 될 테니까.

그런데 프란드는 시우가 스스로의 이름을 걸고 한 장담을 간단히 받아들였다.

수단과 방법에 대해서 묻지도 않고 의심도 없이 말이다.

당시에는 수상하다 여겼는데 프란드는 이미 시우를 드래곤으로 생각하고 같은 드래곤 끼리라면 서로의 위치를 파악할 능력이 있을 것이라 지레짐작한 모양이었다.

시우는 잠시 고민했다.

큐란 가에는 계속해서 시우를 드래곤이라 오해하게 만드는 것이 좋을까?

아니면 인간임을 증명하는 것이 좋을까?

"나는 드래곤이 아니야."

상념을 거듭한 끝에 시우가 선택한 대답은 현상유

지였다.

어차피 시우가 아니라고 대답해도 큐란 가는 계속해서 시우를 드래곤이라고 의심할 것이다. 그렇다고 굳이 시우가 스스로 인간임을 증명할 필요는 없었다.

마음에 들지는 않지만 사실 드래곤이라고 착각해주는 편이 행동을 하기에도 편하고 말이다.

시우는 의심을 가득 담은 표정의 레이나를 내려다보면서 피식 웃음을 터트렸다.

"그럼 더 이상 방해자도 없겠다. 체벌을 시작해볼까? 더 이상 궁둥이 팡팡 같은 우스운 체벌로 용서할 것이라곤 생각하지 말아야 할 것이다."

시우의 말에 레이나는 후회감이 들었다.

저 드래곤은 아니라고 하지만 이미 의심의 말을 내뱉고 말았다. 여기서 드래곤이 자신의 정체를 숨기는 방법은 이 자리를 함께하는 인간들을 모조리 죽여 멸구하는 방법밖에 없었다.

죽음이라니.

평생 살아오면서 한 번도 생각한 적 없는 일이었다. 그것이 눈앞에 다가오자 레이나는 한 번도 느껴본 적이 없는 공포감에 휩싸였다.

그러나 레이나는 시우에게 반항할 힘이 없었다.

애초 그녀가 가진 것이라곤 아름다운 외모와 큐란 가의 영애라는 이름뿐이었으니까.

시우가 레이나를 향해 한 발짝 다가가자 그녀가 움찔 몸을 떨면서 눈물을 글썽였다.

그리고 그 순간 시우와 레이나 사이에 누군가가 끼어들었다.

시우는 여전히 전신으로 살기를 뿜고 있는 상태였다. 지금 이 상황에서 움직일 수 있는 것은 시우가 의도적으로 살기를 배제시킨 두 여인뿐이었으니 방해자의 정체는 명백했다.

하녀였다.

"체슈님. 대화중에 끼어든 무례를 용서해 주세요. 하지만 레이나 영애께서는 저를 고용해주신 주인님. 그분의 신변이 위험에 처했는데 가만히 있을 수는 없었습니다."

시우는 일단 걸음을 멈췄다.

레이나가 저택에서 나오기 전, 그녀와 나눴던 대화가 주르르 떠올랐다.

정황상 하녀도 시우가 드래곤일지도 모른다는 사실을 알고 있었던 모양이었다. 그러자 그녀의 용기가 새삼스러웠다.

"당신은 당신의 주인이 원망스럽지 않소? 사실 나

는 이곳에 찾아올 때 한바탕 난장판을 피우고 싶은 기분이었소. 그 물건의 주인, 루리와 로이는 내게 소중한 식구. 그들을 노예로 삼아 심지어 매질도 삼가지 않았던 큐란 가가 원망스러웠지. 그런 내 기분을 목숨을 걸고 바꾼 것이 그대인데 그 보상이 손찌검이었으니 분명 주인이 원망스러웠겠지. 당신은 그런 당신의 주인을 이 지경이 되어서도 감싸는 것이오?"

본인에게도 반말을 내뱉던 시우가 하녀에게 반 존대를 하자 레이나의 눈이 동그랗게 떠졌다.

무슨 일이 있었는지는 모르겠으나 시우가 하녀를 존중해 주는 것은 명백했다.

하녀는 시우의 말에 고개를 저었다.

"저는 주인님이 원망스럽지 않습니다. 주인님께서도 말씀하셨듯이 만약 주인님께서 절 고용해 주시지 않았으면 노예로서 이리저리 팔려 다니다가 벌레처럼 스러질 목숨이었습니다. 그런 저에게 큐란 가를 모실 수 있는 기회를 주신 주인님께는 은혜마저 느끼고 있습니다. 부디 체슈님께서는 노여움을 풀어주십시오!"

시우는 그녀의 말에 고개를 주억거리고 손을 뻗었다.

"〈깊은 잠에 빠질지어다.〉"

시우의 손에서 수면 마법이 펼쳐졌다.

상대는 평범한 소녀였다. 인간을 초월한 마력을 몸에 쌓은 시우의 마법을 벗어날 길은 없었다.

하녀가 풀썩 쓰러지자 레이나의 눈이 절망으로 물들었다.

기사들이 꼼짝도 못하는 지금 하녀만이 그녀의 유일한 희망이었다.

그런 그녀가 쓰러졌으니 더 이상 시우의 행동을 막을 자는 존재하지 않았다.

잠시 하녀를 내려다보던 시우가 입을 열었다.

"레이나. 나는 네게 하녀에게 뺨을 때린 사실에 대해서 사과하라고 했다. 그러나 하녀는 이미 너의 행동에 대해서 용서를 한 모양이다. 원래라면 다시는 사람 앞에 얼굴을 내밀지 못하게 너의 그 어여쁜 얼굴에 흉터라도 만들어줄 생각이었다만 그녀의 행동으로 생각이 바뀌었다. 애초 약속했던 대로 간단한 체벌로 용서를 해주도록 하지."

레이나는 시우의 말에 결국 글썽이던 눈물을 흘리고 말았다.

시우는 레이나가 뭐라고 입을 열기 전에 다가가 그녀의 허리를 단단히 붙잡았다.

"앗! 지금 무슨……!"

"말했지. 사과하면 엉덩이 팡팡 10대로 용서해 주겠다고. 지금 그 약속을 이행하도록 하지."

시우는 그녀의 목에 걸린 기합의 목걸이를 풀었다. 그것이 걸려있는 상태라면 아무리 맞아도 아프지 않을 테니까.

시우는 레이나에게서 아이템 효과가 사라진 것을 확인하고 허리를 붙잡은 반대쪽 손을 번쩍 들었다.

"한 대!"

쫘아악!

"아훗! 자, 잠깐만요!"

레이나는 생각했던 것과는 다른 엄청난 고통에 몸부림을 쳤다. 그러나 허리를 붙든 시우의 팔뚝은 철근이라도 되는 것처럼 꼼짝도 하지 않았다.

수치 따위를 생각할 처지가 아니었다.

시우는 고작 10대라고 말했지만 10대를 전부 맞으면 엉덩이가 터져나갈 것 같았다.

"두 대!"

쫘아악!

"꺄아악!"

"세 대!"

"응아앗! 요, 용서해 주세요. 제가 잘못했어요! 흐흐흑!"

레이나는 뒤늦게나마 울며 용서를 구했지만 궁둥이를 두들기는 시우의 손길은 멈추지 않았다.

그리고 그것은 정확히 10대를 모두 채운 뒤에야 멈추었다.

레이나의 허리를 붙든 손을 풀어주자 레이나는 체면을 생각할 겨를도 없이 바닥을 설설 기었다.

너무 고통이 심해서 궁둥이가 사라진 것만 같은 감각이었다.

시우는 레이나의 눈앞에 기합의 목걸이를 흔들면서 말했다.

"이 물건은 원래 내 것이었으니 내가 가져가겠다. 만약 불만이 있다면 언제든 다시 찾아오도록. 그 때도 궁둥이 팡팡으로 용서해 줄지는 모르겠지만 말이다."

시우는 회수한 목걸이를 아이템창에 넣어두고 흥얼거리면서 레이나의 저택을 떠나갔다.

레이나는 바닥에 엎드려 궁둥이만 높게 치든 자세로 한참동안 움직일 줄을 몰랐다. 그것은 그 광경을 가만히 지켜만 봐야만 했던 기사들도 마찬가지였다.

잠시 후 하녀가 신음을 흘리며 잠에서 깨어났지만 하녀도 상황을 파악하고 아무 것도 할 수 없었다.

레이나가 자리에서 일어난 것은 궁둥이의 감각이 돌아와 점차로 화끈해질 즈음이었다. 이런 고통도 회복 성법으로 회복되는지는 모르겠지만 서둘러 저택으로 들어가 사제의 치료를 받고 싶었다.

"…야, 너."

"아, 예!"

하녀는 레이나의 부름에 두 손을 모으고 시립하며 고개를 푹 숙였다.

"너 이름이 뭐라고 했지?"

하녀는 그녀의 갑작스런 질문에 놀랐지만 당황하지 않고 대답했다.

"루, 루시아나입니다."

"…그래."

레이나는 더 이상 아무 말도 하지 않았다.

그리고 그 날 저녁, 하녀 루시아나는 어째선지 레이나를 최측근에서 보필하는 시녀장으로 발탁되어 있었다.

Respawn

NEO FUSION FANTASY STORY & ADVENTURE

32장.
승선

리스폰

"아, 맞다. 저 기사들 중에도 첩자가 없는 지 확인을
해봤어야 하는 건데."

시우는 레이나의 저택에서 돌아오는 중 잠시 걸음
을 멈추고 생각을 정리했다.

큐란 가에서 암약하는 알덴브룩 제국의 첩자를 색
출해 내는 것. 그것은 협상이 체결된 것에 대한 서비
스에 가까운 일이었지만 남부에 영향력이 있는 아군
을 만들어 두는 것도 알덴브룩과 적대할 미래를 대비
하는 상책 중 하나였다.

루리와 로이의 일로 큐란 가에 좋은 감정은 없었지
만 공과 사는 구분해야 했다.

시우는 다시 걸음을 옮겼다.

그러나 레이나의 저택으로 돌아가진 않았다.

어차피 레이나의 호위기사들 중 알덴브룩 제국의 첩자가 있다고 해도 그들이 지금 당장 할 수 있는 일은 없었다.

프란드의 사유지는 넓었지만 그 넓은 공간 전체가 드래곤 하트의 방벽으로 지켜지고 있었다. 그것은 단지 물리적인 방어벽일 뿐 아니라 마력을 사용한 마법 통신의 일체를 막아주는 역할도 하고 있었다.

구체의 형상으로 마력의 막이 쳐져 마력이 전송되지 못하게 빈틈없이 지키고 있었다.

물론 거기에 구멍을 뚫을 수 있다면 잠시나마 마법 통신이 가능하기도 했지만 만약 첩자들이 드래곤 하트의 마력으로 만들어진 방벽에 구멍을 뚫으려고 시도한다면 반드시 시우가 감지할 수 있었다.

레이나의 저택에는 내일에나 다시 방문해 보자고 생각을 정리했다.

시우는 숙소로 돌아왔다.

시우는 아침 일찍 일어나 리젠으로 잠이 깨자마자 레이나의 저택을 찾아갔다. 그리고 용무에 딱히 긴 시간을 소요한 것도 아니었기 때문에 시우가 숙소로 돌아오자 정확히 아침식사를 시작할 즈음이 되어 있었다.

원래 아침식사는 시우가 직접 준비할 생각이었는데 그것을 미리 전달하지 않은 탓에 프란드가 수석 요리사를 시켜 아침을 준비시킨 모양이었다.

시우는 숙소의 문 앞에서 시우를 기다리던 하녀의 안내를 따라 식당으로 향했다.

그곳에선 시우가 오기만을 바라며 아리에타 일행이 식탁에 앉아 기다리고 있었다.

시우는 쓴웃음을 지었다.

주인이 주는 먹이를 기다리는 강아지도 아니고 언제 올지도 알 수 없는 자신을 기다리다니.

그것이 이곳의 매너인 것을 모르지는 않았지만 시우의 기준에서는 참으로 우스운 광경이었다.

게다가 시우 일행들의 서열이 복잡하긴 했지만 사실 프란드의 앞에서 시우는 아리에타의 근위기사를 연기해야만 했다.

근위기사의 주군 되는 아리에타가 시우가 오기만을 초조한 모습으로 기다리는 모습은 원래라면 삼가야할 행동이었다.

물론 그것을 잘 아는 아리에타이기 때문에 저토록 안절부절 못하는 것이겠지만.

저렇게 불안해할 정도면 그냥 애초 계획한 것처럼 시우를 평범한 근위기사처럼 막 대하면 좋았을 텐데.

미리 입을 맞췄다고는 해도 시우를 하인처럼 부리는 것은 그녀의 성미에 맞지 않는 모양이었다.

남을 부리는 것이 일상인 왕족이 어째서? 하는 의문이 들지 않은 것도 아니었지만 시우는 깊이 생각하지 않았다.

어차피 큐란 가는 시우가 드래곤일지도 모른다고 의심하고 있었다.

북부로 올라가면 이번에야 말로 제대로 연기를 해야겠지만 큐란 가에서는 딱히 상관이 없겠다 싶었다.

"먼저 먹지 왜 기다리고 있어?"

식당으로 입장한 시우는 입구에서 가까운 자리에 앉았다. 루리와 로이가 앉은 옆자리였다.

원래 아리에타의 시녀, 시동으로 뽑힌 루리와 로이가 그들의 주인인 아리에타 공주와 같은 식탁에서 식사를 하는 것은 말도 안 되는 일이었지만 앞서 말했듯이 시우와 아리에타 일행은 서열이 복잡했다.

아리에타는 루리와 로이가 시우의 식구인 점을 감안해 시녀와 시동의 복장을 하고 있던 그들의 옷을 갈아입히고 한 식탁에 앉도록 일을 추진했다.

루리와 로이가 앉은 자리는 신분이 낮은 자들이 앉는 구석자리였다.

아리에타가 당황해 입을 열었다.

"슈. 당신의 자리는 이쪽이에요."

아리에타는 시우의 자리로 비워두었던 자신의 옆자리를 가리켰지만 시우는 고개를 저었다.

"저는 이 자리가 좋습니다. 공주님."

시우가 루리와 로이의 머리를 쓰다듬으며 말하자 아리에타는 조금 아쉬운 눈길로 빈자리를 바라보다가 고개를 끄덕였다. 프란드의 하인들이 신경 쓰이기는 했지만 어차피 동료들만 함께하는 자리였다.

시우가 원한다면 딱히 매너에 신경 쓸 필요는 없겠다 싶었다.

그렇게 시우가 자리에 앉자 요리가 식지 않도록 대기하고 있던 요리사들이 음식을 싣고 수레를 끌고 나왔다.

시우와 아리에타 일행, 식객의 수만큼 10명의 요리사들이 일사불란하게 움직이며 각종 과일 열매와 빵을 식탁에 올려놓았다.

그 뒤에 나온 것은 덮개가 덮인 쟁반이었다.

요리사들은 각각의 식객들 앞에 쟁반을 놓고 서로 눈을 마주치더니 타이밍을 맞춰 일시에 덮개를 열어젖혔다.

단순히 식사를 할 뿐인데 마치 하나의 쇼를 보는 듯해 시우는 기분이 묘해졌다.

그러나 그러한 관심은 이내 식사로 쏟아졌다.

무엇하나 예사로운 것이 없는 큐란 가의 식사였다.

어쩌면 그 막강한 재력으로 지금까지 본 적도 없는 희귀하고 훌륭한 요리가 준비되어 있을지도 모른다는 일말의 기대감이 있었다.

그러나 요리를 확인한 시우는 실망했다.

식탁에 나온 요리는 대륙 어디에서나 맛볼 수 있는 수프였다.

물론 평범한 수프는 아니었다.

수프에 사용된 고기 자체도 값비싼 사료를 먹여 살찌운 고급 고기를 사용했고 조리법도 역시나라는 생각이 들 정도로 잘 고아냈다.

그러나 시우는 크게 실망했다.

요리에 쓰인 향신료가 너무 과했기 때문이었다.

시우는 큐란 가에 오기 전에 머물렀던 낙엽의 춤 여관이 떠올랐다.

그곳도 이랬다.

후추를 구하기 쉬운 덕분인지 비린내가 날법한 요리라면 과하다 싶을 정도로 후추를 쳤던 것이다.

지금 시우의 눈앞에 나온 수프도 그랬다.

얼마나 후추를 과하게 쳤는지 수프 표면에 떠오른 후추가 까맣다. 향은 말할 것도 없이 매웠고 맛을 보니 고급 고기를 써서 만든 고소한 수프의 맛을 음미할 여유도 없이 후추의 매콤하고 씁쓸한 맛이 입 안 가득 퍼져나갔다.

시선을 돌려 주위를 둘러보니 아리에타와 근위기사들을 제외한 일행들 모두 음식에 입을 대고 눈살을 찌푸리고 있었다.

후추는 사치품들의 대표주자였다.

귀족들은 특히 손님을 맞이할 때 후추를 듬뿍 친 요리를 내곤 했는데 얼마나 후추를 아끼지 않고 치느냐 하는 것으로 해당 가문의 재력을 가늠할 정도였다.

그런 식생활이 익숙한 아리에타와 근위기사들에겐 전혀 이상할 것이 없는 요리였던 모양이었다.

시우는 고개를 저으며 식탁에 올라온 빵과 과일로 의식을 돌렸다.

시우의 입맛에 수프는 굉장히 자극적이었지만 빵을 찍어먹으니 그나마 나았던 것이다.

주먹만 한 빵 하나를 잘기잘기 찢어 수프에 적셔 먹은 시우는 입가심을 하기 위해 과일을 찾았다.

시우가 손을 댄 것은 체리를 닮은 빨간 열매였는데 체리와 달리 타원형의 모습이었다. 게다가 덜 여문 체리는 노란빛인데 반해 이것은 초록빛을 띠고 있었다.

그것을 입 안에 물고 오물오물 씹던 시우는 손바닥
에 씨앗을 뱉어냈다.

그 씨앗은 노란색을 띠고 있었는데 자세히 살펴보
니 두 쪽으로 나뉜 것이 커피 원두와 닮은 모양을 하고
있었다.

"어, 이거!"

시우는 놀라서 그것을 식탁에 올려놓고 타겟팅을
해보았다.

레이크 씨앗

설명- 열대기후에서만 자라나는 레이크 나무의 씨
앗. 열대우림에서만 자라는 그 열매는 매우 빨간 겉모
습과 채취하기 위해선 누군가가 반드시 죽는다는 의
미로 별칭 혈과라고 불리기도 한다. 구하기 어려운 만
큼 희귀하고 비싼 열매이나 비슷한 겉모습으로 체리
에 비교당해 수요가 부족하다.

시우는 아이템 설명문을 읽고서야 왜 이 세계에 커
피가 없는지 이해했다.

커피나무의 열매는 커피체리라고 불리는데 이 커피
체리는 열대기후에서만 난다. 그런데 이 세계의 열대
지방이라고 한다면 그 숲으로 우거진 몬스터들의 천

국뿐이었다.

그 맛도 진짜 체리와 비교를 당하면서 필요 없는 과일 취급을 받고 있었던 것이다.

수요가 없는데 굳이 위험을 부담하면서 채취할 필요도 없으니 그 열매에 대한 연구도 없을 수밖에.

그러나 만약 여기서 시우가 커피를 만들어 제공한다면 귀족들의 관심을 끌 수도 있을 거라는 생각이 들었다.

'그러면 분명 죽어나는 것은 열매를 채취하기 위해 숲에 보내지는 하인들이겠지만.'

그러나 방법이 없는 것은 아니었다.

세계지도를 확인해본 바, 아카리나 대륙의 최북단은 열대지방에 해당했다.

대륙간 무역 행위는 대단히 힘든 일이 되겠지만 적어도 몬스터들에게 죽임을 당할 위험성은 훨씬 적을 것이 분명했다.

시우가 요리사를 불러 질문하니 그 대답도 시우가 정리한 생각과 비슷한 부분이 있었다.

애초에 식탁에 오른 혈과는 아카리나 대륙에서 무역으로 들인 과일이라는 점이었다.

헤카테리아 대륙에서 혈과는 무척 구하기 힘들고 비싼 과일이니 무역 행위로 아카리나 대륙에 방문한 상인이 큰 이득을 남길 수 있을 것이란 추측으로 들여온 과일이었던 것이다.

그러나 애초에 혈과는 희귀하다는 이유로 비쌌지 수요가 전혀 없었기 때문에 무역품으로서 망한 아이템이라 할 수 있었다.

시우는 좋은 기회라고 생각하면서 이 식사가 끝나면 바로 프란드를 찾아가기로 마음먹었다.

요리사들의 말을 들어보니 지금도 창고에 가득 쌓인 혈과를 어떻게 처리할 지 곤란해 한다고 하니 그것을 전부 매입할 생각이었던 것이다.

혈과 자체가 비싸다곤 해도 아마 비교적 싼 가격에 구할 수 있을 것 같았다.

이 세계에서 다시 커피를 맛볼 수만 있다면 시우는 아무리 비싸다고 해도 혈과를 매입할 용의가 있었다.

그렇게 생각을 정리하는 순간 수프에 이어 다음 요리가 식탁에 올랐다.

시우는 다시 식사에 몰두하려 했지만 그 순간 식당의 분위기가 묘하다는 것을 감지할 수 있었다.

루리와 로이는 그릇에 고개를 박고 조용히 식사를 하고 있었고, 아리에타 일행과 에리카 일행 모두가 루리와 로이에게 열렬한 시선을 쏟아내고 있었던 것이다.

그나마 아리에타만이 몰래 쳐다본답시고 힐끔힐끔 쳐다보고 있었지만 그녀 또한 루리와 로이에게 관심이 많은 모양이었다.

시우는 그제야 두 남매의 소개가 아직이라는 사실을 떠올리고 아차 싶었다.

세리카와 수아제트의 탑을 찾으려는 의도도 있었지만 거기에 더해 루리와 로이를 찾겠다고 무려 반년이나 남부를 헤맸다. 시우가 그토록 만나고 싶어 했던 두 남매에게 소라와 에리카, 그리고 리나가 관심을 갖는 것은 당연한 것이었다.

거기에 더해 루리와 로이를 되찾겠답시고 아리에타의 신분도 이용했으니 아리에타도 두 남매에게 관심이 컸던 것이다.

이래저래 루리와 로이를 다시 만나는 데는 저들의 용납과 협력이 큰 역할을 했다.

거기에 대한 보상은 못해줄지언정 시우에겐 루리와 로이를 그들에게 소개할 필요가 있었다.

그러나 시우는 잠시 머뭇거렸다.

시우는 도대체 이 두 남매를 뭐라고 소개하면 좋을까?

그냥 관계상의 설명이라면 루리는 시우의 하녀였고, 로이는 그냥 식객에 불과했다.

그러나 그렇게 소개를 하자니 무언가 부족한 느낌이 들었다.

처음엔 단순히 하녀로서 루리를 식구로 맞이했지만 루리와 로이는 시우의 고독을 물리치는데 지대한 역할을 한 소중한 존재들이었다.

시우는 조금은 계면쩍은 표정으로 말문을 열었다.

"소개가 늦었네. 소개할게. 이쪽이 루리, 여기는 로이. 이 아이들은 나의……."

얼굴이 조금, 붉게 물들었다.

"동생 같은 존재야."

'이제 와서 새삼스레' 하고 쑥스러운 기분이 들었다.

그러나 시우의 말이 불러온 반향은 컸다.

아무리 루리와 로이가 시우를 친오빠, 형처럼 느낀다 하지만 그들의 관계는 엄연히 타인이었다. 주인과 하녀, 그리고 식객의 관계. 거기에 시우가 직접 그들을 남매처럼 생각한다는 언급에 루리와 로이는 식사를 하다말고 눈물을 글썽였다.

갑자기 훌쩍이는 루리와 로이의 모습에 시우는 당황했지만 이해하지 못할 것은 없었다.

시우도 낯선 이곳 헤카테리아 대륙에서 헤맬 때는 이 세상 어디에도 발 디딜 곳이 없다는 생각을 했었다. 그 때 리네 일가는 시우를 식구로 받아주었고 그의 이름을 불러주었다. 시우는 단지 그것만으로 발 디딜 곳을 찾았다는 안심에 눈물을 흘렸었다.

아마 루리와 로이도 그때의 시우와 비슷한 감정일 것이다.

곁에 있어도 좋아. 그런 허락을 받은 기분.

그들은 이곳에서 나고 자랐지만 부모가 죽은 뒤로는 이 세상 어디에도 그들이 발 붙여 살 곳이 없었다.

시우는 그런 그들의 기분을 절실할 정도로 잘 알고 있었다.

잠시 뜸을 들이며 감정을 수습할 시간을 두고 시우는 아리에타 일행과 에리카 일행을 차례로 소개했다.

소라와 에리카가 알테인이라는 소개는 할 수 없었지만 에리카가 세리카의 동생이며 소라는 에리카가 살던 마을에서 만났다는 말로 간접적으로 소개했다.

루리와 로이도 세리카가 알테인이라는 사실은 잘 알고 있으니 그녀의 동생인 에리카와 같은 마을 출신인 소라가 알테인이라는 사실은 눈치껏 파악할 수 있었다.

아리에타 일행의 목적도 시우가 생각했던 것처럼 부정적인 것은 아니었고, 그들을 겪으면서 슬슬 에리카나 소라의 정체를 밝혀도 문제는 없을 것이란 판단이 서긴 했지만 아직은 때와 장소가 좋지 않았다.

적어도 프란드의 성은 벗어난 뒤에 재차 정식적으로 소개를 하는 것이 좋다는 판단이 들었다.

루리와 로이는 아리에타 일행을 어렵게 생각하는데 반해 소라와 에리카, 그리고 리나에게는 친근하게 다가갈 수 있었다.

신분도 신분이었지만 세리카의 가족, 시우의 친구라는 점이 마음의 거리를 좁히는데 도움이 된 모양이었다.

아리에타는 그런 두 남매의 모습에서 어쩐지 거리를 느끼고 마음이 불안해졌다.

단지 두 남매뿐 아니라 에리카 일행과도, 그리고 시우와도 알 수 없는 거리감을 느꼈기 때문이었다.

기쁘게 대화하는 그들의 모습을 지켜보면서 아리에타는 줄곧 어색한 미소를 띠고 있었다.

시우가 프란드를 찾아간 것은 다음날 아침이 되어서였다.

혈과의 매입건과 레이나의 기사들이 첩자 색출에 참석하지 않은 건에 대해서 이야기하기 위해서였다.

이제는 협력관계가 된 프란드가 알덴브룩 소속의 첩자에게 노출이 된 상태로는 시우와 아리에타 일행에게도 부담이 생기니 어쩔 수 없는 일이었다.

만약 알덴브룩 제국 측에 시우가 프란드와 접촉했다는 정보가 넘어가기라도 한다면 자치도시 크란데는 그 날로 알덴브룩 제국의 군홧발에 짓밟혀 사라질 수도 있는 문제였다.

프란드는 레이나의 말마따나 그녀의 기사들에 첩자가 있을 가능성이 매우 낮다는 점을 지적하면서 변명을 했다.

프란드는 레이나를 과보호했다.

3명의 아내와 5명의 첩들 중에서 딸은 오직 레이나 하나뿐이었다.

그렇기에 주어진 별칭이 바로 큐란 가의 꽃.

프란드는 레이나 직속의 기사를 구성할 때 적어도 큐란 가를 15년 이상 모셔온 충성적인 기사들로 추리고 추렸다.

그렇기에 그들 중에 첩자가 있을 확률은 매우 적다는 이야기였다.

그래도 시우는 얼굴을 직접 보기 전까지는 모르는 일이라고 우기며 프란드를 설득했다.

프란드 알았다며 고개를 끄덕였다.

어차피 레이나와 아리에타 공주를 한 자리에 모아 할 말이 있었다며 점심 식사에 초대를 했다. 호위기사들은 언제나 레이나와 동행을 할 테니 첩자 색출은 그

때 하면 된다는 이야기였다.

"그래서 부탁이 있는데……."

"부탁?"

시우는 고개를 갸웃거렸다.

프란드의 부탁은 딱히 어려운 것이 아니었다.

프란드는 레이나에게 함부로 행동할 수 없다고 첩자 색출 작업에 대한 권한을 넘겨줄 테니 되도록 작업을 강행해 달라는 것이 그의 부탁이었다.

직역하자면 자신은 레이나에게 미움 받기 싫으니 당신이 미움 받는 역할을 해달라는 뜻이었다.

어차피 레이나와의 초면부터 틀어져 있었다.

시우는 프란드의 부탁을 단박에 받아들였다.

프란드의 부탁 때문이 아니라도 이쪽이 더 행동하기 편했으니까.

아마 프란드도 그 점을 잘 알고 있었기 때문에 이런 부탁을 해온 것이겠지.

시우는 점심때가 다가오자 아리에타를 주성의 식당까지 에스코트하고 레이나가 방문하기를 대문 앞에서 기다렸다.

얼마 기다리지 않아 마차 한 대가 모습을 드러냈다.

마차에는 아무런 마크도 달려있지 않지만 마차를

호위하는 기사들의 면면을 살펴보니 레이나의 마차가 확실했다.

"멈춰!"

시우는 대문 문을 꽉 닫아걸고 마차 앞으로 나섰다.

왜 마차를 멈추냐고 소란을 피우는 레이나의 목소리가 들려왔다.

"저기, 그게. 예의 그 하얀 머리의 기사입니다."

"……."

언성을 높이던 레이나가 침묵했다.

잠시 레이나의 명령을 기다리던 기사가 시우의 곁으로 달려왔다.

기사가 전령의 역할을 맡아 레이나의 말을 대신 전하는 모양이었다.

"큐란 레이나 영애께서 왜 마차를 멈췄냐고 묻는다. 이곳은 엄연히 큐란 가의 사유지. 아무리 뛰어난 무위를 가지고 있다고 하나 그것을 통제 없이 휘두르면 몬스터와 별반 다르지 않다는 말씀. 당신도 매너를 아는 인간이라면 정해진 규율을 지키라는 말씀이시다."

시우는 식은땀을 흘리며 레이나의 말을 전한 기사를 뚫어져라 쳐다보았다.

레이나가 전하고 싶은 말은 이해했다.

직역하면 이런 뜻이겠지.

'당신이 드래곤인 것은 안다. 그래도 유희 중의 드래곤이라면 정체를 들키지 않기 위해서라도 인간들의 규칙은 지켜야 할 터. 이곳은 큐란 가의 땅이니 큐란 가의 규칙에 따라라. 그러니 어서 비켜.'

그것은 알아들었지만 그 말을 전하는 기사의 말투가 마음에 들지 않았다.

"너 지금 반말했냐?"

시우의 질문에 기사는 식은땀을 흘렸다.

"나, 나는 자랑스러운 큐란 가의 기사……!"

"너 지금 내가 망국의 기사라고 무시하냐?"

"아, 아니."

"무시하는 것 같은데?"

"…아닙니다."

시우는 기사의 말투를 교정해 주고서야 만족한 미소를 띠며 대답했다.

"나는 정식적으로 큐란 프란드 경으로부터 첩자 색출의 권한을 인계받은 자로서 레이나 영애의 호위기사를 감찰할 권리가 있다. 호위기사들을 넘겨라. 오래 걸리진 않겠다. 검사가 끝나면 통과시켜 주지. 그대로 전해라."

시우의 말을 들은 기사가 레이나에게 뛰어가 말을 전했다.

또 마차 안이 시끄러워졌다.

또 레이나가 흥분해 뭐라고 떠드는 모양이었는데 귀를 기울여 내용을 들어보니 아빠는 왜 저런 망나니한테 그런 권한을 넘겼느니 하는 불만들이었다.

하지만 잠시 씩씩거리던 레이나는 어쩔 수 없이 시우에게 호위기사들의 신변을 넘길 수밖에 없었다.

시우는 호위기사들의 수를 헤아려보았다. 어제 보았던 기사들이 레이나의 호위기사 전원이라고 한다면 한 명도 빠지지 않고 자리를 함께하고 있었다.

시우는 그것을 확실히 하기 위해 질문했다.

"레이나의 호위기사는 이것으로 전원인가?"

호위기사들의 반응이 좋지 않았다.

아마 레이나의 이름에서 경칭을 생략한 탓이겠지만 시우는 신경 쓰지 않았다.

어제 시우의 살기에 대항해 검을 뽑을 수 있었던 세 명의 기사 중 하나가 대답했다.

"그렇소. 레이나 영애의 호위기사는 이것으로 전원이오."

시우는 고개를 끄덕이면서 왼쪽 눈을 가렸다.

먼저 이들 중 가장 실력이 뛰어난 세 명의 기사들은 첩자가 아니었다.

하지만 프란드와 레이나가 첩자가 있을 리 없다고

했던 레이나의 호위기사들 사이에서 1명이 알덴브룩의 첩자였다.

"너, 이리 나와."

시우는 정확히 그를 짚으며 명령했지만 놈은 무언가 낌새를 포착했는지 말을 듣지 않았다.

시우는 다시 한 번 명령하려 했지만 놈은 갑자기 행동했다.

평소부터 그는 검술실력이 부족한 데 반해 발이 빠른 것만으로 레이나의 호위기사로 발탁된 자였다. 그의 전력 도주는 심지어 최고 실력자인 세 명의 기사조차도 반응할 수 없을 정도였다.

그러나 시우에겐 의미 없는 일이었다.

시우가 앞으로 손을 뻗자 놈의 몸이 허공에서 멈춰섰다.

마력으로 묶어둔 것이었다.

하지만 놈은 행동하기를 멈추지 않았다.

품속에서 하나의 금속 상자를 꺼내 열어젖히자 지금까지 느낄 수 없었던 강력한 마력이 뿜어져 나왔다.

아무래도 그 안에는 강력한 마법도구가 숨겨져 있던 모양이었는데 그 금속 상자를 이용해 마력이 새어 나오지 않도록 하고 있던 모양이었다.

그것은 특급 어쌔신에게만 주어지는 특수 통신 마법도구였다.

드래곤 하트를 쪼개어 만든 것으로 횟수는 한 번에 한정되지만 마력을 핀 포인트로 모아서 드래곤 하트의 방벽을 부수고 정보를 전달할 수 있는 물건이었다.

시우는 그런 상세한 것까지는 알 수 없었지만 적어도 거기서 풍기는 마력이 심상치 않다는 것만은 감지할 수 있었다.

시우의 전신에서 방대한 마력이 뿜어져 나왔다.

마법이란 드래곤들의 언어로 펼쳐진다.

드래곤들에게 있어 싸움이란 즉 말싸움이었다.

그리고 말싸움에서 이기는 방법에는 두 가지가 있다.

첫째로는 더욱 정교한 논리로 상대를 설득시키는 방법이었고, 둘째로 목소리가 큰 놈이 이기는 경우였다.

여기서 시우가 사용한 방법은 목소리를 크게 내는 법이었다.

상대가 내뱉은 언어를 더욱 큰 소리로 지워버리는 방법.

즉, 상대가 방출한 마력을 더욱 큰 마력으로 상쇄시키는 것이었다.

여기에 필요한 조건은 상대가 마법에 사용한 마력보다 큰 마력을 보유할 것, 상대보다 먼저 마력을 뿜거나 뛰어난 출력으로 압도할 것, 먼 거리에 있는 상대의 마력을 상쇄하기 위해서는 초월적인 통제력을 보유하고 있을 것.

이러한 마법적 능력의 폭 넓은 조건을 필요로 하고 있었지만 시우는 이러한 까다로운 조건을 모두 만족하고 있었다.

게다가 다행히도 어쎄신이 사용한 드래곤 하트는 온전한 것이 아니었다.

아무리 특별한 어쎄신이라고 해도 전략병기 취급을 받는 드래곤 하트를 통째로 넘겨 줄 수는 없었던 것이다.

놈이 보유한 마법도구는 100년 드래곤 하트(20만 마력)으로 만들어진 것이었다.

마법학의 통계에 의하면 인간이 한 평생 모을 수 있는 마력의 양은 15만 마력인 것으로 알려져 있었다. 이 정도만 되어도 인간은 결코 이 마법도구의 통신을 막을 수가 없었다.

그러나 시우는 이미 인간을 한참 초월한 마법적 능력을 보유하고 있었다.

마법도구의 통신이 도중에 중단되고 거기에 달려있

던 드래곤 하트가 마력을 모두 소모하고 깨져나갔다.

"…크읙! 역시 드래곤이었나!"

"아니 글쎄, 인간이라니까."

시우는 원력을 끌어올릴 필요도 없이 가볍게 바닥을 박찼다.

시우의 신체 레벨은 이미 300레벨에 가까웠다.

원력을 사용하지 않아도 아우라를 끌어올린 익시더보다 뛰어난 신체능력을 자랑하고 있었다.

시우가 수도를 휘두르자 알덴브룩의 어쌔신은 그대로 정신을 잃고 말았다.

그러한 일련의 과정을 지켜본 레이나와 그녀의 호위기사들은 순식간에 지나간 상황에 영문도 알지 못하고 입을 떡하니 벌리고 있었다.

마차에 뚫린 창문으로 바깥을 내다보던 레이나가 문을 열고 나왔다.

"이게 도대체?"

"보면 모르겠어? 네가 장담했던 것과는 다르게 네 호위기사 중에 첩자, 어쌔신이 있었다."

"…어쌔신?"

레이나는 손을 들어 떡 벌어진 입을 가렸다.

레이나의 호위기사로 뽑힌 자들은 하나같이 큐란가를 15년 이상 섬겨온 자들이었다. 설마하니 그 사이

에 알덴브룩 제국의 첩자가 섞여있을 줄은 미처 알지
못했다.

"첩자 색출도 끝났으니 이제 들어가 보도록 할까?
프란드가 할 말이 있다더군."

레이나는 정신을 잃고 바닥에 널브러진 호위기사를
한참이나 바라보다가 마차에 몸을 실었다.

떨리는 가슴이 좀처럼 진정이 되지 않았지만 문제
는 이미 해결되었으니까.

창밖으로 보이는 하얀 머리의 기사, 체슈를 바라보
는 레이나의 눈빛이 잘게 흔들렸다.

시우는 레이나를 식당으로 에스코트했다. 에스코트
할 의도는 아니었지만 앞장서서 걷는 시우의 뒤를 레
이나가 뒤따르자 겉으로 보기에는 시우가 레이나를
안내하는 것처럼 보였던 것이다.

식당에서는 프란드와 아리에타가 잡담을 나누고 있
었다.

겉으로는 하하호호 웃고 있지만 속으로는 대화의
주도권을 붙잡기 위해 으르렁 거리는 살벌한 잡담이
었다.

시우는 그 보이지 않는 전투에 거리낌 없이 끼어들
었다.

"레이나 영애를 모셔왔습니다."

시우의 존대에 레이나가 놀란 표정을 지었다.

거기에 드러난 감정을 읽어보자면 '네가 존댓말도 할 줄 알았냐?' 는 듯한 표정이었다.

시우는 그런 레이나의 표정을 모른 척했다.

집사장의 앞에서도 그랬지만 특히 레이나에게 범한 무례는 시우의 신분으로는 상상도 할 수 없는 행동이었다.

물론 큐란 가에서 시우를 드래곤이라고 생각하기 때문에, 그리고 실제로 그들의 권력으로도 어쩔 수 없는 무력이 시우에게 있었기 때문에 저지를 수 있었던 행동이었다.

그러나 시우라고 때와 장소, 그리고 상대를 가리지 않고 그런 짓을 하는 것은 아니었다.

적어도 아리에타가 있고 그녀와 손을 잡은 큐란 가의 주인인 프란드가 있는 앞에서는 근위기사로서의 신분에 충실해야 했다.

그런 시우의 예의바른 모습에 레이나는 충격을 받았던 것이다.

"어서 오세요, 슈. 이쪽으로 와서 앉아요."

아리에타는 어딘지 불안한 표정으로 시우에게 권했다.

아리에타의 옆자리는 어제처럼 시우를 위해 비워져

있었는데 어쩌면 시우가 또 아리에타의 청을 거절하고 다른 곳에 앉을까 불안해하는 모양이었다.

시우는 그런 아리에타의 걱정이 우스워 저도 모르게 미소 지으며 대답했다.

"제 뜻이 당신의 손에, 공주님."

시우는 멋들어지게 허리 숙여 인사하고 아리에타의 옆자리에 앉았다.

그것을 옆에서 지켜보던 레이나는 기가 차서 말이 나오지 않았다.

저 망나니 기사가 주군의 앞이라고 내숭을 떠는 모습이 마음에 들지 않았다.

애초에 저 망국의 공주는 저 기사가 드래곤이라는 것을 알기나 하는 걸까?

레이나는 갑자기 심정이 복잡해졌다.

하고 싶은 말도 많지만 도무지 입이 열리지 않았다.

"레이나? 네 자리는 여기다."

레이나가 시우와 아리에타를 노려보며 움직일 생각을 않자 프란드가 재촉했다.

그에 레이나는 모두의 귀에 들리도록 크게 혀를 찼다.

시우가 옆자리에 앉아줬다는 사실에 가슴을 쓸어내리며 안심하던 아리에타는 그 소리에 그녀를 돌아보고 고개를 갸웃거렸다.

그러나 레이나는 그런 아리에타의 시선에도 아랑곳하지 않았다.

그저 뚜벅뚜벅 거친 걸음으로 자신의 자리를 찾아 앉을 뿐이었다.

프란드는 곤란한 눈치로 허허하고 웃었다.

"죄송합니다. 딸아이가 버릇이 없어서……. 레이나, 왕녀님께 사과하거라."

"뭐? 내가 왜? 그리고 왕녀라고 해봐야 임펠스의 왕녀잖아? 왜 내가 망국의 공주에게 사과를 해야 하는데?"

시우를 향한 레이나의 반감이 너무 컸다.

레이나의 무례에 프란드와 아리에타는 아연실색했다.

원래부터 레이나가 버릇이 없던 것은 알고 있던 사실이었지만 지금까지 이런 적은 없었다.

당사자의 앞에서 무안을 주다니?

시우가 드래곤일지도 모른다는 사실을 알고 있다면 취할 수 없는 태도였다.

아리에타는 그런 레이나의 태도에 마음이 크게 상한 모양이었지만 지금까지 당해온 수모는 이에 비할 것이 아니었다.

"딸아이의 무례를 사과하겠습니다. 정말 죄송합니다."

"예. 그것보다 오늘은 하실 말씀이 있다고 들었습니다만, 무슨 일이죠?"

아리에타는 본론을 재촉했다.

프란드는 그런 아리에타의 기분을 이해했지만 그녀가 본론을 재촉할수록 말을 하기 힘들어했다.

"일단 식사부터 즐기시죠."

프란드가 말을 마치자 요리사들이 식탁을 차리기 시작했다.

첫 번째 요리는 어제 시우도 맛 본 적이 있는 후추가 듬뿍 들어간 수프였다.

손님을 모신 자리라면 뭔가 특별한 요리라도 내올 줄 알았건만 실망이었다.

이것은 프란드의 요리사가 가진 실력의 한계이거나 프란드의 취향 문제인 듯싶었다.

시우는 자리에서 벌떡 일어났다.

식사를 함께하던 모두의 시선이 시우에게 모였다.

"왜 그러시죠?"

프란드의 질문에 시우는 잠시 생각을 정리했다.

"나는 임펠스의 근위기사로서 검을 다루는 데는 일가견이 있다고 생각하오. 하지만 검을 다루는 것만큼 요리에도 자신이 있소이다. 만약 허락만 해준다면 그 실력을 뽐내보고 싶소이만 괜찮소이까?"

시우의 부탁에 프란드는 당황했다.

드래곤이 요리를 한다고?

호기심이 들기는 했다. 드래곤이 만드는 요리란 도 대체 어떤 것일까?

하지만 동시에 과연 그것은 먹어도 되는 음식일까 싶었다.

프란드가 고민하는 사이 아리에타가 싱긋 웃었다.

"저도 부탁드릴게요. 슈의 요리는 굉장히 맛있거든 요."

프란드는 아리에타의 부탁에 고개를 끄덕였다.

안 그래도 레이나가 했던 말 때문에 아리에타에겐 심적인 채무를 느끼고 있던 차였다.

프란드는 이 부탁을 들어줌으로 인해 그 채무를 없 던 것으로 하고 싶었던 것일지도 몰랐다.

시우는 프란드의 허락이 떨어지자 바로 주방으로 향했다.

그곳에 도착한 시우는 생각해보면 지금까지 제대로 된 주방에는 들어가 본 적이 없다는 것을 떠올렸다.

시우는 언제나 요리책을 통해 독학으로 요리를 배웠 고 요리를 하는 것도 대부분이 아이템창에 화로 등의

간이 주방을 가지고 다니면서 만들어왔기 때문이었다.

요리사들은 시우의 갑작스런 돌입에 당황스러워 하면서도 시우를 밖으로 내쫓지 못했다.

큐란 가의 하인이라면 요리사도 빠짐없이 모두 시우의 정체에 대해서 어느 정도 언질을 들었기 때문에 누구 하나가 나서 시우의 행동을 제지할 수 있는 인물은 없었다.

시우는 주방의 냄새를 맡고 코를 부여잡았다.

맵다.

주방 전체가 후추의 냄새로 가득했다.

이미 한창 요리 중인 음식들과 식재료들을 살펴보니 모두가 하나같이 후추 덩어리였다.

"여기 수석 요리사가 누구지?"

시우의 질문에 한 요리사가 주춤거리며 앞으로 나왔다.

"접니다만 무슨 일이십니까?"

혹시 요리에 불만이라도 있는 걸까 요리사는 굉장히 불안한 표정이었다.

무려 드래곤이나 되는 자가 직접 주방까지 찾아와서 컴플레인을 넣는데 불안하지 않을 수가 없었다.

시우는 수석 요리사에게 물었다.

도대체 이 후추 덩어리 요리들은 무엇이냐고.

들어보니 현재 큐란 가의 수석 요리사였던 자는 원래 고위 귀족 가문의 차석 요리사였다고 한다.

그 전에는 수많은 귀족 가문들을 거치며 경험을 쌓았는데 부유한 귀족 가문들의 요리는 하나같이 후추를 듬뿍 친 매운 요리였다고 했다.

시우는 그 이야기를 들으며 고개를 갸웃거렸다.

이 세상의 사람들은 의외로 매운 음식을 선호하는 것일까?

그래서 그 향이 강렬한 후추 덩어리도 감내하고 먹는 것일까?

어쩌면 자극적인 음식이라는 것 자체가 이곳에선 사치인지도 모른다는 생각이 들었다.

시우는 아이템창 속에 잠들어 있는 고춧가루를 떠올리고 이내 고개를 저었다.

만약 시우의 추측대로라면 고춧가루처럼 얼큰한 요리에 어울리는 식재료도 없었다.

그러나 시우가 지닌 고춧가루의 양이 적었다. 애초에 시우는 지금의 자극적이기만 한 음식을 음식다운 음식으로 만들기 위해 주방에 찾아온 것이었다.

시우는 먼저 요리사들을 시켜 후추를 털어내도록 시켰다.

요리사들은 시우의 명령에 주저했지만 이내 프란드

에게서 권한을 받아왔다는 시우의 말에 마지못해 후추를 털어내기 시작했다.

후추는 비싼 향신료였다.

이곳은 무역도시인 크란데이기 때문에 가격이 비교적 쌌지만 다른 곳에서라면 한 상자에 50파운드. 주먹 크기의 후추 주머니가 무려 5에서 10파운드를 호가하는 가격이었다.

평범한 여자 노예의 가격이 5파운드이니 인간 한 명의 가치와 동등 그 이상이라는 의미였다.

아무리 드래곤의 명령이라고는 하지만 그런 후추를 털어내라는 명령에 안타까운 기분마저 감출 수는 없었다.

그러나 시우는 그 광경이 우스울 따름이었다.

그 값비싼 후추를 의미도 없이 팍팍 쳐댄 요리사들이 도대체 누군데 저럴까 싶었다.

시우는 요리사들이 후추를 털어내는 사이 튀김옷을 만들고 계란을 풀어 튀김요리를 준비했다.

아무리 후추를 털어냈다고는 해도 식재료에 맴도는 매운 향은 숨기기 힘든 일이었다. 그것을 시우는 튀김옷으로 숨길 작정이었다.

시우는 후추가 듬뿍 뿌려져 잘 재워진 고기를 보고 고개를 끄덕였다.

후추가 심하게 뿌려지기는 했지만 고기의 상태는 나쁘지 않았다.

시우는 징이 잔뜩 달린 흉악 무기 같은 망치를 꺼내 고기를 두드리기 시작했다. 이곳에는 고기를 부드럽게 만들기 위한 도구가 없기 때문에 레이나의 드레스가 완성되기까지 기다리며 직접 대장간에 주문 제작한 고기망치였다.

요리사들은 그 말도 안 되는 광경에 고개를 저었다.

도대체 고기를 왜 망치 따위로 두드린단 말인가?

그러나 시우는 주변의 시선에도 아랑곳 않고 고기를 두드려 육질을 부드럽게 만들고 있었다.

그리고 마침내 튀김옷을 입히고 미리 달구어놓은 기름 속에 그것들을 투하하기 시작했다.

튀김 고유의 기름 냄새와 고소한 향이 주방 가득 퍼지기 시작했다.

요리사들이 입안에 고이기 시작한 군침을 꿀꺽꿀꺽 넘기기 시작할 즈음 시우는 그것들을 건져내 아이템창 속에 잠들어 있는 특수 소스와 레몬즙을 적당히 뿌린 후 아이템창에 넣었다.

직접 요리를 나를 생각이었다.

"돈까스가 조금 남았으니 생각 있으면 먹어보든가."

"돈까스? 이 요리의 이름이 돈까스입니까?"

요리사들은 난생 처음 보는 요리에 지대한 관심을 보였지만 시우는 더 이상 요리사들에게 아무런 관심도 느끼지 못했다.

시우가 나간 직후 군침만 연달아 삼키던 요리사들은 허겁지겁 돈까스를 썰어 입안에 집어넣기 시작했다.

겉은 바삭하고 속은 부드러워 육질이 침에 녹아 절로 목구멍을 넘어가는 것 같았다.

어째서?

기름에 튀기면 육질이 이렇게 부드러워 지는 걸까?

요리사는 고개를 저었다.

그리고 이내 수석 요리사는 시우가 고기를 망치로 두드리던 것을 떠올렸다.

"막내야!"

"예!"

"거리에 내려가서 대장간에 주문 제작 좀 넣고 오너라."

"뭘 주문할까요? 식칼도 냄비도 부족한 것은 없는 것 같은데……"

"고기를 팰 징 달린 망치를 하나."

"고기를 패요?"

막내는 수석 요리사의 주문을 이해할 수 없었지만 더 이상 되묻는 일 없이 거리로 뛰어나갔다.

시우는 식당으로 돌아와 여전히 잡담 중인 프란드와 아리에타, 그리고 그것을 불만스런 표정으로 지켜보는 레이나의 모습을 볼 수 있었다.

"오! 체슈 경. 어서 오시오. 식사를 기다리다 굶어 죽을 지경이군요. 요리는 다 되었습니까?"

시우는 고개를 끄덕이며 아이템창에서 돈까스를 하나하나 꺼내 놓았다.

아리에타는 시우와 함께 생활하며 튀김 요리에 익숙했지만 프란드와 레이나는 처음 접하는 요리에 조금 당황한 듯싶었다.

프란드가 설명을 요구하듯 시우를 바라보자 시우는 어쩔 수 없이 요리를 설명하기 시작했다.

"잘 재워둔 돼지고기에 튀김옷을 입혀 기름에 튀긴 돈까스라 하는 요리이오. 나이프로 잘게 썰어 먹으면 되오."

시우는 튀김옷에 대해 자세한 설명은 생략했다.

어쩌면 주방의 요리사들이 지켜본 만큼 시우의 요리를 흉내 내려 할지도 몰랐지만 그것까진 신경 쓸 생각이 없었다.

프란드와 레이나가 '튀김'이라는 새로운 표현에 고개를 갸웃거리는 사이 아리에타가 손수 먹는 법을 보일 생각인지 나이프로 한 입에 넣기 적당한 사이즈로 썰어 포크로 찍어 먹었다.

왼손으로 입을 가리고 돈까스를 얌전히 오물거리는 아리에타의 모습을 본 프란드와 레이나가 그녀의 모습을 따라했다.

시우는 한 손으로 입을 가리고 돈까스를 오물거리는 노년 신사 프란드의 모습에 하마터면 웃음을 터트릴 뻔했지만 그들의 뒤를 따라 시우도 돈까스를 썰어 입안에 우겨넣기 시작했다.

프란드와 레이나는 돈까스의 바삭하고 부드러운 식감에 화들짝 놀랐다.

특히 후추의 매운 맛에 입이 길들여져 있던 레이나는 새콤한 레몬즙과 소스의 달콤함, 그리고 말로는 전부 형용할 수 없는 오묘한 맛의 향연에 정신을 차릴 수가 없었다.

식탁의 그릇은 순식간에 깨끗이 비워졌다.

"자, 그럼 식사도 끝내신 듯 하고, 본론을 들어볼까요?"

시우의 말에 프란드는 아쉬운 듯 입맛을 다셨다.

시우에겐 그럴 의도도 없었지만 어느새 대화의 주

도권이 맛있는 음식을 만든 시우에게 넘어가 있었다.

참으로 탐나는 능력이었다.

프란드는 지금까지 미식에 그다지 큰 관심이 없었지만 지금 이 순간 고려의 대상에 요리사를 집어넣었다.

난생 처음 식문화에서 가능성을 느낀 것이다.

프란드는 고개를 저어 일단 생각을 정리했다.

지금 해야 할 이야기는 음식에 관한 것이 아니었으니까.

어째선지 아리에타를 적대시 하는 레이나의 모습에 이야기를 꺼내기 어려웠던 분위기가 요리 덕분에 환기되었다.

"오늘 여러분들을 이 자리에 초대한 것은 앞으로의 일에 대해서 의논할 것이 있기 때문입니다."

프란드가 이야기를 꺼낸 것은 시우와 아리에타가 간과하고 있었던 페르시온 제국과 동맹을 맺을 방법론이었다.

시우와 아리에타는 일단 페르시온 제국에 도착하면 어떻게든 될 거라는 희망적 관측을 하고 있었다. 그러나 페르시온 제국이 북부의 크고 작은 다툼을 관리하는 입장이라지만 그들은 결코 세계 평화를 위해 헌신하는 봉사국가가 아니었다.

전쟁을 중재하고 피해를 막는 만큼 그 땅에 영향력을 행사하며 이득을 취한다.

페르시온 제국은 많은 국가와 국민들에게 평화의 상징으로 알려져 있지만 이러한 이득이 없다면 애초에 남의 전쟁 따위를 중재할 일은 없었을 것이다.

그렇게 보면 자치도시 크란데가 페르시온 제국과 손을 잡기 위해선 그만큼 페르시온 제국에 이득이 있어야 하지 않겠느냐는 이야기였다.

그러나 알덴브룩 제국의 견제로 인해 크란데는 북부에 아무런 지원도 보낼 수 없는 상황이었다.

그래서 이 이야기에 끼어든 것이 바로 큐란 레이나였다.

크란데가 페르시온 제국에 약속할 수 있는 이득은 오로지 전쟁이 끝난 후에 대해서 뿐이었다. 그러나 페르시온 제국은 전쟁 후의 상황까지 상정해 크란데를 믿을 수 없었다.

막말로 어느 쪽이 이길지 모르니 양쪽에 선을 대두자 하는 이기적인 판단의 말로라면 삼대교국의 입장으로서 크란데는 여전히 적이었으니까.

거기서 신뢰의 증표로 큐란 가의 유일한 영애를 볼모로 내놓는 것이었다.

말은 볼모라고 했지만 사실상 말하자면 페르시온

제국측의 유망한 귀족 혹은 왕족과의 혼담을 진행하자는 것이 프란드의 의견이었다.

물론 그것은 어디까지나 레이나의 역량이었다. 혹여 페르시온의 왕족이나 고위 귀족과의 혼담이 없더라도 레이나에겐 볼모로서의 가치가 충분했다.

시우와 아리에타는 그러한 방법론에 대해서는 전혀 생각지도 않고 있었기 때문에 프란드의 말은 절로 고개를 끄덕이게 될 수밖에 없었다.

그러나 시우는 프란드의 설명에서 불안한 마음을 감출 수가 없었다.

방법론에 대한 설명은 좋은데 왜 하필이면 모두 한자리에 모아서 그것을 설명한단 말인가?

그리고 시우의 불안한 예상은 적중하고 말았다.

"그러니 북부로 출발하실 때 레이나와 동행을 해주십사 하는 겁니다."

프란드의 부탁에 레이나가 식탁을 손바닥으로 때리며 벌떡 일어섰다.

"내가 뭐가 아쉬워서 하얀 머리랑 동행을 해야 하는 거야!"

시우는 레이나가 흥분해 외치는 소리에 언짢은 기세를 풀풀 풍겼다.

이것이 피할 수 없는 사태라 한다면 그녀의 버릇은

일찍이 고치는 것이 좋았다.

시우의 전신에서 강력한 기세가 일어나자 레이나가 움찔 몸을 떨었다.

"…하얀 머리가 아니고 체슈다. 만약 네가 공주님께 신세를 질 생각이 있다면 최소한의 예의는 지켜야 할 것이다."

시우의 요구는 마땅했지만 레이나라고 할 말이 없는 것은 아니었다.

"그러는 당신이야 말로 고작 근위기사의 신분으로 감히 큐란 가를 너무 무시하는 것 아닌가요? 당신이야 말로 최소한의 예의를 지키세요!"

레이나는 표독스런 표정으로 비명을 지르듯 언성을 높였다.

시우의 기세에 전신이 덜덜 떨리면서도 레이나는 부릅뜬 눈을 피하지 않았다.

불과 하루 전, 그런 일을 겪고서도 전혀 기가 꺾이지 않은 모습이었다.

시우는 그런 레이나를 가만히 지켜보다가 입을 열었다.

"그래. 좋다. 어느 정도의 대우는 허용하도록 하지. 하지만 네가 나에게 존대를 받기 위해서는 너 스스로 자격을 갖추어야 할 것이다."

시우의 말에 레이나는 기가 찼다.

큐란 가에서 태어났으니 그녀는 시우에가 존대를 받을 자격이 있었다. 그런데 거기에 더해 새로이 자격을 갖출 필요가 어디에 있단 말인가?

레이나는 말이 안 통하는 시우의 모습이 답답했다. 그러나 그녀가 정작 제일 답답한 것은 그녀의 아버지 프란드의 반응이었다.

시우의 말은 큐란 가의 권위에 대한 도전과도 같았다.

그럼에도 불구하고 프란드는 시우의 말에 일언반구도 하지 않고 있었다.

아무리 상대가 드래곤일지도 모른다지만 어떻게 아무 반응도 없을 수가 있단 말인가?

그러나 프란드에게는 프란드의 생각이 있었다.

어차피 레이나가 무사히 페르시온 제국에 도착하기 위해선 아리에타 왕녀 일행에게 신세를 질 수밖에 없었다.

크란데와 페르시온 제국 간의 협약을 위해 레이나가 북부로 향한다는 사실은 결코 알덴브룩 제국에 알려져서는 안 되는 일이었다.

그렇다면 신분을 감춰야 한다는 의미였으니 호위도 함부로 붙일 수는 없었다.

결국 레이나를 지킬 수 있는 것은 아리에타 왕녀 일행, 그리고 그들 중 가장 강력한 무위를 보유한 시우의 능력이었다.

레이나는 좀 더 아리에타 왕녀 일행에 녹아들 필요가 있었다.

게다가 혹시 모르지 않은가.

레이나를 오냐오냐 키운 덕에 붙은 나쁜 버릇이 시우와 함께 생활하는 사이 고쳐질지도 모르고 말이다.

모든 것은 애지중지 키워온 딸아이가 품을 벗어난다는 불안에서 기인한 바람이었지만 프란드로서는 다른 선택지가 없었다.

그로부터 며칠이 지났다.

주성에서 거주하는 시우와 아리에타 일행은 레이나와 다시 만나는 일 없이 평화로운 일상을 지낼 수 있었고 그것은 일행 모두에게 달콤한 휴식이 되었다.

그러나 모든 일에는 끝이 있는 법이었고 시우 일행의 휴식에도 끝이 왔다.

이른 새벽에 시우 일행은 승선할 준비를 마쳤다.

사실 준비라고 할 것도 없었다.

처음 프란드의 성을 방문할 때 갑옷을 차려입었던 시우와 근위기사들은 물론 맞춤 제작한 드레스를 차려입은 아리에타도 신분을 노출하지 않도록 평범한 옷으로 갈아입어야 했으니까.

단지 문제라고 한다면 레이나도 신분을 감추기 위해 평범한 복장으로 갈아입어야 하는데 출발 직전까지도 평소의 화려한 드레스 차림으로 나타났다는 점이었다.

"…너 복장이 그게 뭐야?"

시우의 말투에 레이나의 눈썹이 꿈틀거렸다.

이미 시우의 무례한 말투에 대해서는 단념한 상태였지만 거기에 적응을 하는 것은 다른 문제였다.

"내가 뭘 입든 당신이 무슨 상관이지?"

레이나의 당돌한 태도에 시우는 잠시 할 말을 잃었다.

이 정도가 되면 이것은 그냥 단순한 반항이 아닌가 싶었다.

프란드의 성을 빠져나오기 위해 보는 눈을 하나라도 줄이기 위해 이토록 이른 새벽으로 약속 시간을 잡았다.

잠이 부족한 탓에 차라리 갑옷과 드레스와 같은 거추장스러운 옷을 입지 않게 된 것을 반기는 아리에타 일행과 다르게 코르셋부터 장신구와 드레스를 전부 차려입은 레이나의 모습은 시우에겐 이해 불가의 영역이었다.

아마 머리 정돈부터 옷을 입고 장신구를 착용하기 까지 모든 것은 시녀의 손을 빌렸겠거니 싶긴 했지만 말이다.

시우는 새롭게 레이나의 시녀장이 된 루시아나와 시선을 마주치고 한숨을 내쉬었다.

'앞으로 고생이 많겠군.'

그런 시우의 속내도 모르고 루시아나는 고개를 갸웃거릴 따름이었다.

"지금 당장 갈아입고 오지 않으면 이 자리에서 발가 벗겨 강제로 갈아입혀주지."

시우의 발언에 레이나는 주춤거리며 뒷걸음질을 쳤 다.

어떻게 그런 소릴 할 수 있냐고, 할 수 있으면 해보 라고 소리치고 싶지만 레이나는 결국 포기했다.

다른 이라면 모를까 시우라면 정말 그럴 수도 있다 고 생각한 탓이었다.

레이나는 혀를 크게 차고 루시아나를 데리고 빈 방 으로 향했다.

갈아입을 옷은 전부 루시아나가 매고 있는 짐가방 안에 있었으므로 레이나의 저택까지 돌아갈 헛수고는 하지 않아도 되었다.

"오빠. 요즘 신경이 너무 예민해지신 것 같아요."

루리의 말에 시우는 아차 싶었다.

지난 며칠, 과거를 돌아보면 루리의 말이 사실이었다.

루리와 로이의 건으로 큐란 가에는 불만이 많았다.

게다가 앞으로 해야 할 일들에 대해서 떠올리면 시우는 치솟는 싫증과 조바심을 억누를 수 없었다.

그것이 이런 신경질의 형태로 나타난 것이리라.

페르시온 제국에서도 이럴 수는 없는 일이니 시우는 앞으로 태도에 조심을 기하자고 마음을 정리했다.

다시 나타난 레이나는 가벼운 원피스 차림을 하고 있었다.

머리부터 발끝까지 우아하게 꾸미던 값비싼 장신구가 없어도 충분히 아리따운 모습이었다.

곱게 자란 만큼 기미와 주근깨가 없이 고운 피부를 자랑하고 있었고 성격은 저래도 큐란 가에서 태어난 만큼 배운 것이 많아 행동 하나하나에는 기품이 흐르고 있었다.

시우는 루시아나에게 시선을 던지며 물었다.

"얼굴은? 상선에 승선하면 레이나의 얼굴을 알아보는 사람이 있을지도 모를 텐데?"

무려 크란데의 통치 가문은 큐란 가의 영애였다. 아무리 시민들이 귀족가문의 족보에 관심이 없다고는 하지만 큐란 가의 꽃이라고까지 불리는 레이나쯤 되면 그녀를 알아보는 사람이 있을지도 몰랐다.

게다가 지금은 승선료가 한 사람에 무려 500파운드까지 상승한 상태였다.

아마 배에 오르는 대부분의 인물이 귀족들일 것이다.

귀족이라면 레이나의 얼굴을 알아볼 확률이 더욱 높았다.

루시아나는 시우의 질문에 허겁지겁 실크 재질의 베일을 꺼내들었다.

원래는 귀족들이 예의를 차려야 하는 장소, 결혼식이나 장례식 등에서 착용하는 얼굴가리개였지만 이곳 크란데는 사철이 무더운 열대지방이었다.

크란데에서 베일은 모자와 함께 얼굴이 타지 않도록 평민들도 자주 애용하는 장신구 중 하나였다. 베일을 쓴다면 자연스럽게 얼굴을 가릴 수 있을 것이다.

시우는 그것을 뒤집어쓰는 레이나를 확인하고 이곳에 올 때 타고 왔던 아무런 표식도 달려있지 않은 마차를 몰아왔다.

일행이 제법 늘어난 탓에 마차에 오른 것은 아리에

타와 레이나, 그리고 그녀를 보필하는 시녀장 루시아나 뿐이었지만 마차에 타지 못한 것에 불만을 나타내는 일행은 아무도 없었다.

오히려 마차 안에서 레이나의 차가운 눈길을 계속해서 받는 아리에타는 마차에서 내리고 싶은 마음이 절실할 정도였다.

✦

대륙 북부의 지배국인 페르시온 제국 영토 중에는 그 땅의 주인인 황제의 권력조차 닿지 않는 치외법권을 가진 곳이 세 곳 있었다.

나탈리아, 엘레투스, 펠릭스.

헤카테리아 대륙에는 최대 규모의 교단이 셋 있어 그것을 한데 묶어 삼대주교라 불렀다. 그 삼대주교, 엘라, 세일라, 베헬라 교단에는 각각 교황이라 불리는 최고 통치자가 존재했다.

그리고 그 교황이 주거지로 삼는 각각의 도시가 바로 나탈리아, 엘레투스, 그리고 펠릭스였다.

오랜 과거 지금은 삼대주교라 추대 받는 엘라, 세일라, 베헬라 교단도 다른 교단들과 별다를 것이 없는 수많은 교단 중에 하나일 뿐이었다.

페르시온 제국은 그 시절 막강한 군사력으로 주변 국들을 침략하며 영토를 넓혀갔는데 그런 페르시온 제국도 함부로 여길 수 없었던 것이 교단 소속의 성직 자들이었다.

신에게 허락받은 권능으로 병사들을 강화하고 다친 이들을 치료할 수 있는 성인의 능력은 전쟁에 있어서 굉장한 능력이었다.

페르시온 제국은 전쟁이 일단락 지어지자 뜻이 맞는 교단의 성인들에게 협약을 신청했다.

해당 교단의 교인들을 제국 차원에서 보호하고 교단을 위한 영토를 제공할 테니 그 힘을 제국을 위해 사용해달라는 내용의 협약이었다.

그 제안을 받아들인 교단이 오늘날 삼대주교라 불리는 세 개의 교단이었고 허락받은 봉토 안에서 교인들을 통치하였다.

그러나 아무리 성인들이 신의 뜻을 대신해 바른 뜻을 가지고 있다지만 바르게 이끌 수 있는 능력은 부족한 경우가 많았다.

성인들의 대다수는 신분이 낮은 평민 중에서 뽑히는 경우가 많아 땅을 다스리는 법에 무지했다.

교단에서는 성인을 대신해 페르시온 제국으로부터 내려 받은 봉토를 통치할 지배자가 필요했다.

그래서 생긴 직분이 바로 대주교라는 위치였다.

처음 대주교는 어디까지나 신의 사자를 대신하여 봉토를 통치하는 입장에 불과했지만 시간이 흐름에 따라서 신의 사자와 동등, 혹은 그 이상의 권력을 발휘하게 되었다.

이는 어쩌면 교단의 봉토를 통치한다는 입장에서 보면 예견된 일이었는지도 몰랐다.

결국 사제, 대사제, 주교, 대주교라는 교단의 신분 위에 추기경과 교황이 추가되면서 교단의 봉토를 통치하는 교황의 신분이 확립된 것이었다.

제국의 수호 아래 봉토를 허락받은 세 교단은 날이 갈수록 그 영향력을 넓혀갔다.

결국 페르시온 제국과 협약을 맺은 세 교단은 타 교단과 비교를 불허할 위치에까지 오르게 되었고 헤카테리아 대륙을 대표하는 교단으로서 삼대주교로까지 불리게 된 것이었다.

그런 삼대주교 중에서도 베헬라 교단이 이끄는 영토가 바로 펠릭스라는 이름의 영지였다.

펠릭스 교황성에서 붉은 머리의 소녀가 말했다.

"죽음도 탄생도 거부하고 여기에 부활한 자, 기나긴 강을 건너 북부의 땅을 밟으리라."

죽음의 여신, 베헬라의 계시였다.

Respawn

NEO FUSION FANTASY STORY & ADVENTURE

33장.

계시

Respawn

33장.
계시

리스폰

붉은 머리의 소녀, 베헬라 교단의 성녀 카렌은 교황에게 신의 계시를 전하고 조금은 도전적인 시선으로 그를 바라보고 있었다.

교황이라는 이름에 어울리는 화려한 옥좌에 앉아 속 모를 미소를 띤 이 노인이야 말로 베헬라 교단의 최고 통치자, 데아나모르 그레고리였다.

카렌이 다시 입을 열었다.

"혹시 기억 하시나요? 3년 전, 지금과 비슷한 계시가 내려왔죠."

"물론 기억합니다. 죽음도, 그리고 탄생도 거부한 자가 부활했다는 의미심장한 계시. 거기에 더해 베헬라께서는 어떻게 조치하라는 말씀조차 없으셨죠. 결국 계시된 자를 찾지도 못했고요."

"저는 중요한 일이라 강조했지만 당신께서 귀환을 명령하셨죠."

"그때는 어쩔 수 없었습니다. 아직 파일로스 교단의 잔당이 활동 중이었고 그런 상황에서 베헬라의 성녀라는 분이 그토록 오래 교황성을 비우도록 둘 수는 없는 일이었으니까요."

"하지만 이로써 벌써 두 번째 계시입니다."

이미 한 번 포기했던 계시였다.

카렌은 이번에야 말로 계시에서 언급하는 인물을 찾아야 한다는 강박감에 사로잡혀 있었다. 만약 교황이 이번에도 포기하라고 말한다면 카렌은 거기에 항거할 생각까지 하고 있었다.

그러나 교황 그레고리는 카렌이 교황성을 떠나는 것을 막을 생각이 없었다.

"그래요. 3년의 공백이 있었다고는 하나 비슷한 계시가 반복해서 내려왔다면 중요한 일이 분명하니까요. 게다가 이번에는 지난번과는 상황도 다르고요."

잔당으로서 수면 밑에서 활동하던 파일로스의 신자들이 알덴브룩 제국에서 국교로 파일로스 교단을 선언한 탓에 남부로 흘러들어가고 있었다. 사실상 북부에 남은 파일로스의 신자는 그 수가 많지 않은 상황.

거기에 더해 3년 전에는 '계시된 자'의 위치가 애매모호 했었다.

"하지만 지금은 확실히 알 수 있으니까요. 북부의 땅을 밟기 위해 기나긴 강을 건넌다고 했죠? 그렇다면 이너미티 강밖에는 없죠. 계시로는 어떤 조치를 취하라는 말씀이 없으셨지만 어떤 조치를 취하든 일단은 '계시된 자'의 신변부터 확보하는 것이 최우선이라고 판단했습니다."

카렌은 잠시 놀란 표정을 짓다가 고개를 끄덕였다.

✦

크란데에는 상업적인 목적으로 운영되는 선박 이외에 고기잡이 등의 목적을 위해 운용되는 배는 없다.

그 대신 여객선, 화물선, 노예선 등의 수는 헤아릴 수 없이 많았다.

그러나 그 많은 상선(商船)들의 운영에는 제한이 걸릴 수밖에 없었다.

아무리 열대우림보다는 안전한 것이 수로라곤 하지만 수중에도 몬스터는 활동하기 때문이었다.

상선은 한 번 운영될 때 보통 3개에서 5개의 선박이 동시 운영되었다.

물론 원래 노예선으로 운영되던 선박은 전쟁물자의 유통을 금지한다는 알덴브룩 제국과의 협상내용에 의해 화물선으로 대체되었다.

선박 하나하나의 크기가 거대하기 이를 데 없는 상선들이 옹기종기 모여 이동해도 무리가 없을 정도로 이너미티 강의 폭이 넓기도 했고 선박을 이렇게 운영하지 않으면 난폭한 수중 몬스터의 습격을 받아 배가 물밑으로 가라앉는 경우가 너무 잦았기 때문이었다.

때문에 강에서 운영되는 배임에도 불구하고 마스트 꼭대기에선 사방의 수면 밑을 감시하는 감시원이 24시간 교대로 배치되고 있었다.

물론 기본적인 방어수단으로서 선박 밑에는 수많은 마석이 박혀있어 유사시에는 마석의 마력으로 발동하는 설치마법이 완비되어 있었고, 그 외에도 실력이 입증된 마법사과 검사들이 상단에 고용되어 배와 승객을 지키고 있었다.

그런 잠재적인 위험을 제외하면 여객선은 아무 무리 없이 평화롭게 운영되고 있었다.

상선의 이동속도는 평균 40킬로미터 정도로 마석의

힘을 동력으로 사용하고 있었다.

남부에서 북부까지의 직선거리는 4,000킬로미터에 불과했지만 이너미티 강 자체가 곡선을 그리는 큰 뱀의 형태이기도 했고, 오랜 세월 이너미티를 가로지른 그간의 경험으로 가장 안전한 수로를 골라 이동하고 있었기 때문에 실제 이동거리는 그 갑절을 넘어가고 있었다.

실제로 크란데에서 출발해 북부의 무역도시인 제네란까지 도착하기까지는 무려 열흘이나 걸렸다.

시우는 선원의 말을 통해 이것도 무척 빠른 속도라는 이야기를 들을 수 있었다.

그도 그렇겠지.

선박으로 다가오는 모든 수중 몬스터를 시우의 살기로 쫓아낸 덕분에 상선은 오로지 전속력으로 정해진 수로를 달리기만 하면 되었으니까.

그런 시우의 노력은 알지도 못하고 시우와 같은 상선에 승선한 귀족들은 지금까지 중 가장 쾌적한 여행이었다고 만족해 할 뿐이었다.

그러나 그런 승객들의 만족스런 기분도 천장에 달린 마법도구에서 선장의 목소리가 흘러나올 때까지뿐이었다.

[크흠! 에, 잠시 안내 말씀 드리겠습니다. 저는 현재

승객분들께서 승선하신 여객선 아발디 호의 선장 무
카라고 합니다. 현재 아발디 호는 목적지인 무역도시
제네란에 무사 도착했습니다만 소정의 이유로 하선하
신 승객들께서는 베헬라 교단의 검문을 받게 되었습
니다.]

"뭐어?"

"소정의 이유라니 그게 뭐야?"

원래라면 여기서 소리를 지른다 하더라도 선장의
귀에까지 목소리가 닿을 리는 없었다. 하지만 소리를
지르는 승객이 비단 여기에 있는 사람만은 아닌지 마
법도구에서 흘러나오는 선장의 목소리가 불안정해졌
다.

[이, 이는 저희 아발디 호의 운영 정책과는 상관이
없다는 것을 미리 알아주시기 바라며 승객분들께서는
흘리는 물건이 없도록 짐을 확실히 챙기신 후에 선원
들의 안내에 따라 순차적으로 하선해 주시길 바랍니
다. 다시 한 번 강조합니다. 이번 검문에 대해서는 아
발디 호의 운영 정책과는 일체 상관이 없으니 이 점 알
아주시기 바랍니다. 감사합니다.]

선장이 말을 끝내자 승객들은 불만스럽게 투덜거리
기 시작했다.

어째서 우리가 검문을 받아야 하냐며 선장을 찾아

걸음을 옮기는 자들도 있었다.

잠시 후 하선 안내를 하기 위해 찾아온 선원들과 실랑이를 벌이는 귀족도 있었다.

"내가 누군지 알고 하는 소리인가! 나로 말할 것 같으면······!"

하는 비슷한 소리가 곳곳에서 터져 나오고 있었다.

그러나 상대는 베헬라 교단이었다. 아무리 승객의 신분이 높다 한들 일개 선원의 입장에서 할 수 있는 일이라고는 아무것도 없었다. 그것은 선장이나 화물의 관리를 위해 승선한 상인들도 마찬가지였다.

선장은 둘째 치고 상인들도 나름대로의 권력을 쥐고 있었지만 그러한 금전적인 권력이 통하지 않는 상대가 바로 교단이었다.

물론 성직자들 중에서는 뒷돈을 받으며 금전적인 권력이라는 것이 통하는 상대도 있었지만 이번 검문은 교황성에서 직접 파견을 나왔다는 이야기가 돌고 있었다. 그런 상대에게는 뇌물이 통할 리가 없었다.

검문이라는 단어 때문에 뒤가 켕기는 귀족들이 언성을 높이는 가운데 선장과 상인들은 구석진 곳에 숨어 사태가 진정되기만을 기다리고 있었다.

"이게 도대체 무슨 일일까요?"

아리에타가 불안한 모습으로 시우에게 물었다.

그러나 시우도 알 수 없었다.

상황을 보아하니 이러한 검문이 평소부터 있었던 것은 아닌 것 같고, 이번이 처음인 모양이었는데 하필이면 시우가 탔을 때 이런 사태가 벌어지다니.

가능성을 따져보자면 상선을 타고 북부에 침입할 알덴브룩 제국의 첩자를 하선의 단계에서 미리 골라내자는 방안일 수 있었다.

그러나 들려오는 소문으로는 교황성의 인물이 직접 걸음을 옮겼다는 이야기였다.

이미 첩자들이 자유롭게 북부와 남부를 드나들었을 상황에서 이제야 첩자를 잡아낸다는 것은 무의미하기도 했고 그것을 위해 교단의 요직에 오른 인물이 파견을 나왔다는 것은 이해할 수 없는 일이었다.

무언가 다른 이유가 있었다.

시우는 잠시 선박에 난 창을 통해 바깥의 상황을 살펴보았다.

상황은 생각보다 심각한 모양인지 집결한 사제와 성기사의 수가 생각 이상으로 많았다.

그것을 가만히 지켜보던 시우는 왼쪽 눈을 가려보았다.

데토르 Lv.89

베헬라 교단의 성기사단 단원. 성녀를 호위하는 임무를 띤 수호성기사이기도 하다. '계시된 자'의 신변을 확보하는 임무를 띤 성녀를 보호하기 위해 파견되었다.

상세정보…….

시우는 눈을 동그랗게 떴다.

성녀 카렌이 지금 여기에 있단 말인가?

시우는 옛 기억을 떠올려보았다.

아직 이 세계를 게임이라 생각하고 있었던, 이 세계에 대한 상식이 부족했던 시절.

시우는 '신'이라는 것이 이 세계의 운영 프로그램이거나 운영자일 가능성을 떠올리고 성녀를 미행한 일이 있었다.

그때는 파일로스 교단의 사제로 오인 받아 죽을 뻔했지만, 카렌의 도움으로 무사할 수 있었다.

시우는 아직 그때의 일을 잊지 않았다.

그 때 시우를 의심하고 정황증거만으로 시우를 죽이려 들었던 가레인에게는 소소한 보복도 하고 싶었고 카렌에게는 감사의 인사도 하고 싶었다.

그러나 지금은 그럴 때가 아니었다.

'무엇보다 저 계시된 자라는 것은 뭐지?'

시우는 일단 상황부터 파악하고자 여러 사제와 성 기사들을 타겟팅해 보았지만 결정적인 정보에 대해서는 아무 것도 알 수가 없었다.

알 수 있었던 것은 오로지 이번 검문의 목적이 '계시된 자'를 찾는 것에 있다는 것뿐이었다.

시우는 일행을 돌아보며 입을 열었다.

"걱정하지 마. 저들의 목적은 계시된 자라는 인물을 찾는 모양이니까."

"계시된 자요?"

에리카가 그게 뭐냐는 어투로 물었지만 시우는 고개를 저었다.

"내 눈으로 확인한 것이니 그 인물을 찾는 것은 분명하지만 내 눈으로도 그게 누구인지까지는 알아낼 수가 없었어."

레이나와 시녀장 루시아나는 그런 시우의 말을 반도 이해하지 못하고 얼굴을 찌푸렸다.

"도대체 무슨 소리를 하는 거야? 계시된 자? 당신의 눈이 뭐 어쨌다는 건데?"

무려 동행을 한지도 벌써 열흘이 지났지만 레이나는 아직 일행에 녹아들지 못하고 있었다. 아마 사사건건 시우의 일이라면 언성부터 높이고 보는 이러한 태도 때문이겠지.

시우는 고개를 저으며 레이나의 물음에 대답도 하지 않았다. 이제는 레이나와 말을 섞는 것만으로 골치가 아팠다.

승객들은 차례차례 선원의 안내에 따라 하선하면서 점차로 그 수가 줄어들고 있었다.

저들의 목적인 '계시된 자'가 발견되면 검문도 거기서 끝나는 것은 아닐까 하는 기대감에 선박 위에서 검문을 지켜보던 시우 일행은 결국 뒤가 켕기는 몇몇 귀족들과 함께 남아있을 수밖에 없었다.

선원들은 그런 남은 승객들을 바라보며 안절부절못하고 있었다.

이제 베헬라 교단의 성기사들은 아직도 내리지 않는 승객들을 의심하며 선박으로 쳐들어올 기세였기 때문이었다.

시우는 그것을 보면서 한숨을 푹 내쉬었다.

"이렇게 계속 선박 위에 남아있다간 쓸데없는 다툼에 휘말릴 것 같은데?"

"그럼 어쩔까요?"

"우리는 신분도 숨겨야 하고 마음 같아선 그 '계시된 자'라는 사람이 나올 때까지 남고 싶지만, 상황을 봐선 그럴 수도 없겠지. 레이나와 루시아나는 아리에타의 시녀인 것으로 신분을 위장하자고."

"어째서 내가……!"

"그럼 뭐, 네가 큐란 가의 영애라는 것을 동네동네 소문내서 네 아버지를 차도살인이라도 할 셈이야?"

"차도……? 아니, 무슨 말을 해도 그런 식으로!"

"내 말이 틀렸어? 괜히 행동 잘못해서 알덴브룩에 네가 페르시온 제국에 방문했다는 정보가 샌다면 그런 일이 생길 수도 있다는 것을 말한 거야. 그러니 무슨 말을 하려거든 제발 생각 좀 하고 말하란 말이야."

시우가 눈을 부라리자 레이나는 입술을 질끈 깨물었다.

그러나 레이나는 더 이상 시우의 말에 반박을 할 수가 없었다.

시우 일행은 그 즉시 선원의 안내를 받아 선박에서 하선했다.

배에서 내려가는 통로의 끝에서는 수많은 사제, 성기사들이 따가운 시선을 보내고 있었다. 그 시선을 한 몸에 받는 것은 어딘가 오싹한 것이 있었다.

단순한 검문을 위해서라기에는 성직자들의 수가 제법 많았다.

게다가 저 결사의 눈빛으로 말하자면…….

과연 성녀를 수호하기 위해 파견된 수호성기사와 수호사제들이었다.

그 눈빛에 기가 센 레이나도 주눅이 든 표정이었다.

그것은 소라나 에리카, 그리고 리나도 크게 다르지 않았다.

시우의 곁을 걷고 있던 루리가 시우의 옷깃을 붙들었다.

"오빠."

루리가 불안한 눈초리로 시우를 올려다보았다.

"걱정 마. 무슨 일이 있어도 너희의 안전은 내가 보장할게. 그래. 무슨 일이 있어도."

그 말에 루리는 약간이나마 안정을 되찾은 듯 보였다.

시우는 스스로 다짐하듯 속으로 되뇌며 주위를 둘러싼 성기사들을 살펴보았다.

이들의 평균 레벨은 90정도.

예전이었다면 함부로 행동하기도 어려웠을 상대였다.

하지만 지금은 있으나 없으나 마찬가지인 상대였다.

어째선지 최대 원력이 500에 도달하자 더 이상 원력량이 늘어나지 않았지만 그 반만 쓰더라도 가레인을 포함한 성기사 전원을 상대할 자신이 있었다.

시우의 힘은 그 뿐이 아니었다.

프란드의 성에서 쉬면서 지낸 기간, 여객선을 타고 보낸 시간, 시우는 쉬기만 한 것이 아니었다. 언제나 아이시크의 드래곤 하트를 붙잡고 거기에 담긴 마력을 흡수해 왔고 지금에 이르러서는 아이시크가 생전에 지녔던 마력보다 훨씬 거대한 마력이 시우의 체내에 흐르고 있었다.

마력 (1,592,783/1,592,783) [반지 효과 적용 중.]

헤카테리아 대륙의 마력 계측 단위법으로 세어보자면 무려 737년 드래곤 하트에 해당하는 마력량이었다.

130만 마력이나 되는 아이시크의 드래곤 하트를 모두 흡수하고 거기에 마력량을 무려 20퍼센트나 증진시켜주는 반지의 효과가 있었기 때문이었다.

이러한 마력량이 아니더라도 시우의 마법 실력은 타의 추종을 불허할 정도였다.

범죄자의 연행과 같은 성기사들의 안내에 시우 일행은 어느 건물에 이르렀다.

작은 크기의, 원래라면 사무소 정도로 쓰일법한 그 건물의 앞에서는 하선한 승객들이 줄을 이뤄 차례를 기다리고 있었다.

검문은 차례로 한명씩만 치르는 모양인지 한 명이 건물을 빠져나오자 다른 한 명이 그 건물에 입장을 하고 있었다.

그 건물을 중심으로 몇 겹이고 사제와 성기사가 배치되어 있었다.

건물 내부에서 느껴지는 성직자들의 수는 더욱 많았다.

그리고 결정적으로 느껴지는 거대한 존재감.

시우는 일행을 둘러보았다.

다들 불안한 표정이었지만 딱히 놀라거나 겁을 먹은 모습은 아니었다.

시우는 고개를 갸웃거렸다.

"다들 저게 안 느껴져?"

"뭐가요?"

에리카의 되물음에 시우는 고개를 주억거렸다.

아무래도 시우에게만 느껴지는 특별한 존재감인 모양이었다.

그리고 그 정체에 대해 짐작 가는 바가 없는 것도 아니었다.

아마 저 존재감의 중심에는 시우도 한 번 보아 알고 있는 붉은 머리의 소녀가 있을 것이다.

그녀야말로 여신 베헬라에게 신의 사자로 선택된

성녀 카렌.

그것을 증명하듯 건물 안에서 인간이라면 가질 수 없는 크기의 성력이 한데 뭉쳐있는 것을 느낄 수 있었다.

건물을 향한 승객들의 줄은 빠르게 줄어들었다.

검문이라고 했는데 도대체 무엇을 묻는 것일까.

찾는 대상이 분명한데 검문을 하고 있다는 것은 시우가 타겟팅으로 읽어낸 '계시된 자' 라는 것은 교단 측에서도 신원이 확인되지 않은 자라는 이야기일까?

시우가 생각을 정리하는 사이 어느새 건물과 시우 일행 사이에는 아무도 남지 않게 되었다.

잠시 고민한 끝에 가장 먼저 검문에 응한 것은 시우였다. 일단 검문이라는 것이 어떤 형태로 이루어지는지 가장 먼저 겪어보고 혹시 위험요소가 있지는 않을까 미리 파악해둘 필요성을 느꼈기 때문이었다.

어차피 교단의 목적은 '계시된 자' 라는 인물을 찾는 것이니 일행이 위험해질 가능성은 적었다. 때문에 이렇게까지 경계할 필요성이 있을까도 싶었지만 시우는 경계심을 게을리 하지 않았다.

시우가 알고 있는 것은 교단에서 어떤 인물을 찾는다는 것뿐으로 그것이 교단에 적대적인 인물인지 아니면 호의적인 인물인지도 알 수 없었다.

어쩌면 교단의 일에 휘말려 위험한 일이 일어날 지

도 몰랐다.

시우 개인의 안전만 생각한다면 아무 문제가 없었지만 일행의 안전까지 생각하면 아무리 깊은 경계심을 품어도 부족할 정도였다.

시우는 건물 문을 열고 들어가 안에서 대기하고 서 있던 사제의 안내를 받았다.

그리하여 도착한 방은 면접실을 상기시키는 구조로 되어 있었다.

붉은 머리의 소녀, 성녀 카렌이 입구의 반대쪽 벽면 가까운 곳에 의자를 두고 앉아 있었고 그 앞에는 기다란 책상이 놓여 있었다.

다만 카렌 이외에 앉아 있는 인물은 아무도 없었다.

단지 그녀의 호위역으로 생각되는 사제와 성기사 십 수 명이 숨이 막힐 듯 붙어 서서 문을 열고 들어선 시우를 노려보고 있을 따름이었다.

시우의 시선이 카렌에게 닿았다.

카렌도 시우의 얼굴을 살피며 고개를 갸웃거렸지만 시우를 알아보는 낌새는 없었다.

그도 그럴 것이 시우는 지난 2년간 신장도 15센티미터나 자랐고 동양인 특유의 이색적인 외모는 남았다지만 가장 큰 특징이라 할 수 있는 흑발흑안의 용모를 백발적안으로 바꾸었으니 알아보기 힘들었을 것이다.

시우는 카렌이 자신을 알아보지 못하자 어째선지 실망에 가까운 기분이 드는 것을 느꼈다.

딱히 알아봐주길 바란 것도 아니었는데 말이다.

시우는 책상에서 긴 공간을 두고 덩그러니 놓인 의자를 발견하고 거기에 가서 앉았다.

애초에 그러라고 준비한 의자이기는 했으나 한마디 양해도 없이 의자에 앉는 시우의 모습에 몇몇 성직자들의 표정이 구겨졌다.

상대는 성녀였다.

교황을 제외하면 제국의 황제라도 함부로 할 수 없는 것이 신의 사자로 선택된 성인이었다.

하물며 그녀를 보필하고 이 자리를 함께하는 성직자들은 모두가 하나같이 고위귀족들도 함부로 할 수 없는 위치에 자리한 대주교들이었다.

상식이 부족해 불타는 듯한 붉은 머리의 소녀가 성녀라는 사실을 몰랐다 하더라도 오른 가슴에 대주교임을 증명하는 배지를 달고 있는 성직자들이 서있는 마당에 저러한 행동은 무례하다 할 수 있었다.

그러나 누구 하나 입을 여는 성직자는 없었다.

이미 앞서 이러한 태도를 취한 기사 한 놈에게 역정을 퍼부어 성녀에게 꾸중을 들은 터였다. 아무리 상대가 괘씸하다 하나같은 실수를 저지를 수는 없었다.

성녀는 그러한 성직자들의 표정을 돌아보지 않고도 예측한 듯 혹시라도 누가 목소리를 높일까 염려하는 태도로 급하게 검문을 시작했다.

"안녕하세요? 저는 펠릭스 교황성에서 나온 베헬라 교단의 성녀 카렌이라고 합니다."

"예."

시우는 무덤덤하게 대꾸했다.

카렌은 무언가 예상했던 반응과는 거리가 먼 시우의 태도에 고개를 갸웃거렸다.

"제가 누군지 알고 계셨나요?"

"뭐, 예."

시우의 대답에 카렌은 쓰게 웃었다.

지금까지 겪어온 대부분의 사람들은 붉은 머리를 보는 것만으로 경악을 감추지 못했다.

자신의 타오르는 듯한 이 붉은 머리는 베헬라에게 선택을 받았다는 증명이었으니까.

그것을 보고도 놀라지 않았다는 것은 이 붉은 머리를 보고도 자신이 성녀라는 사실을 몰랐기 때문이라고 생각했는데 상대는 태연하게 알고 있었다고 대답하니 무언가 색다른 기분이 들었던 것이다.

"당신의 이름은 무언가요?"

"슈입니다."

시우는 일부러 풀네임을 숨겼다.

체슈라는 이름은 너무 유명했다.

그 이름이 북부에까지 알려졌는지는 모르겠지만 일
단은 조심하는 것이 좋다는 생각이었다.

"출신 국가는 어디시죠?"

"임펠스 왕국."

시우의 대답에 카렌의 표정이 바뀌었다.

3년 전, 8개월에 거쳐 '계시된 자'를 찾기 위해 헤
매었던 곳도 바로 임펠스 왕국이었다.

시우는 뒤이어 검문을 받을 아리에타가 스스로 왕
족임을 밝힐 것을 고려해 이제는 망국인 임펠스를 자
신의 국적으로 밝혔지만 공교하게도 그것이 카렌에게
어떠한 직감을 안겨주고 말았다.

시우는 카렌의 표정이 순간 변한 것을 눈치 챘지만
그 원인을 알 수가 없었다.

임펠스 왕국은 알덴브룩 제국과 과거 앙숙이었던
국가였지만 그것을 제외하곤 별다를 것도 없는 나라
였다. 게다가 지금은 멸망까지 했으니 더 이상 볼 것
도 없었다.

혹시나 망한 나라를 출신 국가로 밝혔기 때문에 이
상하게 생각하는 것인가 했지만 그것도 아닐 것이다.

임펠스 왕국이 멸망한 것은 불과 8개월 전. 애국심

을 가진 기사나 귀족 중에는 망해버린 나라를 여전히
자신의 조국이라 밝힐 만한 사람도 적지 않을 터였다.

도대체 무엇이 이상했던 것이지?

시우는 묘한 불안감을 느끼며 성녀가 던지는 질문
에 대답을 계속했다.

"북부에는 무슨 용무로 오셨나요?"

"…저는 임펠스 왕국의 근위기사입니다. 지금 이 건
물 바깥에는 제 주군이신 페르미온 아리에타 공주님
께서 기다리고 계시며 저는 그분을 따라왔을 뿐입니
다."

카렌은 시우의 대답에 잠시 당황했다.

"…그럼 혹시 임펠스 왕국 출신의 기사 혹은 귀족분
들이 더 있나요?"

시우는 고개를 갸웃거리고 대답했다.

"그야 뭐, 공주님을 보필하는 모두가 임펠스 왕국
출신이니까요."

시우의 대답에 카렌은 한숨을 쉬었다.

시우의 출신 국가가 임펠스라는 사실을 듣는 순간
카렌은 '계시된 자'가 바로 이 자라는 확신을 가졌다.
임펠스는 알덴브룩의 앙숙이었던 만큼 전쟁 중에 흘
린 피가 많았다. 살아남은 귀족과 왕족은 극소수였으
므로 값비싼 상선의 승선료를 지불하고 북부로 올라

올 임펠스 출신의 사람은 얼마 없을 거라 생각했기 때문이었다.

그러나 알고 보니 살아남은 공주를 보필하고 올라온 근위기사였을 줄이야.

이로써 이 자가 '계시된 자'일 가능성은 조금 낮아졌지만 그래도 카렌은 일말의 가능성을 버리지 않았다.

"그럼 마지막으로 제 눈을 봐주세요."

카렌은 두 눈을 동그랗게 뜨고 시우를 바라보았다.

성녀라는 입장을 가진 카렌이 굳이 위험을 무릅쓰고 이 자리를 함께하는 이유였다.

베헬라는 계시로써 '계시된 자'를 이렇게 묘사했다.

죽음도, 탄생도 거부하고 여기에 부활한 자— 라고.

그것을 있는 그대로 이해하자면 상대는 출신성분이 불분명한 자일 가능성이 컸다.

그래서 발안한 것이 이 검문이었지만 계시가 있는 그대로를 표현한 것이 아닌 무언가를 은유한 것일 가능성도 없지는 않았다.

그런 가능성을 두어야 할 정도로 이번 베헬라의 계시는 애매모호한 점이 많았다.

그래서 다수의 대주교를 대동하는 번거로움을 감안

하고서라도 카렌이 직접 두 눈으로 상대를 확인하러 나선 것이었다.

신안(神眼)인가.

뒤늦게 그것을 깨달은 시우는 잠시 판단이 늦었다.

수많은 성직자들이 함께하는 이 자리에서 성녀의 신안을 피한다는 사실은 뒤가 켕기는 사실이 있다는 것을 스스로 증명하는 것과 같았다.

그렇다고 신안에 노출된다는 사실이 시우는 너무나 꺼려졌다.

피해야 할까? 아니면 도리어 당당히 마주 보아야 할까?

그 짧은 고민의 순간, 시우와 카렌의 시선은 이미 마주치고 있었다.

시우는 2년 전의 그 날 그랬던 것처럼 카렌의 눈길에 의식을 빼앗겼다.

신의 권능이 깃든 그 눈은 시우라 하여도 저항할 수 없는 힘이 깃들어 있었다.

그러나 카렌은 그 신안을 가지고도 시우에게서 아무것도 알아낼 수가 없었다.

죽음의 여신인 베헬라가 카렌에게 내려준 권능은 그 눈으로 시선을 마주친 상대의 죽음에 대한 기록을 읽을 수 있다는 것이었다.

2년 전에는 아직 그 권능에 익숙하지 못해 신안의 능력이 제한되었지만 지금은 달랐다.

카렌이 원한다면 조금 지치기는 하지만 상대를 가리지 않고 죽음의 기록을 열람할 수 있는 능력을 키웠다.

그러나 보이지 않았다.

마치 죽지 않는 자처럼.

마치————죽음을 거부한 자처럼.

카렌이 놀라 두 눈을 껌뻑이자 뒤늦게 시우가 정신을 차렸다.

"당신은 도대체 누구시죠?"

카렌은 너무 놀라 그렇게 묻지 않을 수 없었다.

그리고 그녀를 호위하기 위해 그녀의 뒤에 배치되어 있던 고위의 성직자들이 카렌의 경악성에 반사적으로 반응했다.

시우에게서 수상한 낌새가 느껴지면 그 즉시 공격해 올 흉험한 기세에 시우는 상대를 자극하지 않는 자세로 천천히 자리에서 일어나며 말했다.

"잠시, 진정들 하시고……!"

시우는 사태가 심상치 않게 돌아가자 언제라도 성직자들의 공격에 대응할 수 있도록 몸을 긴장시켰다.

어차피 저들이 모두 힘을 합쳐 공격해도 시우의 상대가 될 수 없었지만 지금 시우는 두 개의 반지를 제외한 액세서리는 아무것도 착용하지 않은 상태였다.

그렇게 화려한 장신구는 망국의 근위기사라는 신분에 어울리지 않다는 것이 이유였다.

때문에 평소라면 위기 상황에 큰 도움이 되는 자동화 방패, 오토매틱 실드 기능이 있는 기합 시리즈의 액세서리도 착용하고 있지 않았다.

말하자면 지금의 시우는 아이템의 도움을 받지 않는 맨 몸이었다.

그렇다 하여도 시우가 착용하고 있는 두 개의 반지 중 하나가 최대 생명력을 무려 1,000포인트나 늘려주는 것이므로 시우의 생명력은 1,710포인트나 되었지만 상대가 상대인 만큼 기습을 받을 경우 죽음에 이를 가능성도 아주 없는 것은 아니었다.

'도대체 이게 무슨 일이지?'

카렌이 자신에게 무슨 짓을 했는지는 이해했다.

신에게 허락받은 권능의 사용.

그런데 그것이 어째서 이런 반응으로 나오는지 이해할 수 없었다.

시우에게는 베헬라 교단에 적대할 생각이 눈곱만큼도 없었다. 오히려 파일로스 교단에 적대할 수단으로 삼대주교만큼 든든한 아군은 없을 정도라고까지 생각했다.

카렌의 신안이 시우라는 개인의 정보를 어디까지 읽어낼 수 있는지는 알 수 없었으나 그런 시우의 본심을 읽었다면 저런 반응이 나올 리가 없었다.

그런 시우의 눈이 잠시 찡긋 찌푸려졌다.

떠올랐다. 베헬라 교단과 적대하게 될 수도 있는 계기가.

그것은 바로 시우가 지금까지 타겟팅 능력을 이용한 허풍으로 존재하지도 않는 종교의 성자라고 속여온 사실이었다.

그것은 베헬라 교단, 크게 보아서는 삼대주교에 있어서 거짓 신을 섬기는 처단해야할 사이비 종교 활동이었다.

그러나 시우는 고개를 저었다.

만약 그 사실이 발각된 것이라면 카렌은 '당신은 누구냐?' 가 아니라 '이런 괘씸한!' 하고 호통성을 쳐야만 했다.

그러나 카렌의 입에서 터져 나온 것은 경악성이었다.

그렇다면 혹시, 들킨 걸까?

이 세계에서 살아오면서 그 누구에게도 밝히지 않았던 시우의 비밀이.

사실은 시우가 이 세계의 인물이 아니라는, 다른 세

계에서 온 이세계인(異世界人)이라는 것이 들키고 만 것은 아닐까?

만약 그렇다고 한다면 시우의 대응으로 옳은 것은 무엇일까?

과거 시우는 한 가지 정보에 대해서 다루는 책을 찾아 돌아다닌 경험이 있다.

그것은 시우와 같이 다른 세계에서 이 세계로 넘어온 존재는 없을까 하는 의문에서 기인한 행동으로 그 정보란 바로 '이세계인'에 대한 것이었다.

그러나 시우가 아는 한에서 다른 세계에서 이곳으로 넘어온 것으로 확인된 존재는 없었다. 심지어 세계에서 세계로 이동하거나 영향을 미치는 마법은 드래곤이라도 불가능한 것이었다.

그렇기에 시우의 입장은 이 세계에 있어서 미지였다.

아는 것이 곧 힘인 인간에게 있어서 미지란 본디 두려운 것이었다.

그것을 아는 시우가 선택한 대응은 일단 자신에게 저항의 의지가 없다는 것을 상대에게 밝히는 것이었다.

시우는 본능적으로 허리춤의 리네로 뻗어가는 손을 이성으로 붙잡아 손을 들어 보이며 항복의 의사를 밝혔다.

"무슨 일인지는 모르겠습니다만 저는 여러분과 싸울 생각이 없습니다."

시우의 대처는 옳았다.

금방이라도 무기를 뽑아들 듯하던 성직자들은 일단 저항할 의지가 없는 상대의 모습에 행동을 멈췄다.

성녀의 경악성에 그녀의 호위역으로 자리를 함께 한 성직자들이 만약의 사태에 대비해 전투태세에 들어가긴 했으나 상황을 모르기는 그들도 마찬가지였다.

"성녀님. 무슨 일이시죠?"

가진 바 신앙심과 검술의 능력으로 대주교와 비교해도 결코 뒤지지 않는 성기사의 질문이었다.

성녀의 대답에 따라서는 당장이라도 시우의 목을 치겠다는 듯 놈은 시우를 노려보고 있었다.

성녀는 그러한 일련의 상황이 흘러가기까지도 충격에서 벗어나지 못하고 있었다.

성기사의 질문에 간신히 사고 능력이 회복되기 시작한 성녀는 도저히 믿기지 않는다는 어조로 입을 열었다.

"죽음이 보이지 않아요."

"예?"

"…죽음을 거부한 자. 확신할 수는 없지만 이 분이 바로 계시된 자일 거예요!"

"이 자가……."

성직자들의 잠시 술렁이기 시작했다.

'딱히 특별해 보이진 않는데.'

'아니, 저토록 어린 나이로 근위기사라면 충분히 특별합니다.'

'하지만 베헬라께서 찾으실 정도까지는 아니지 않소?'

'우리는 알 수 없는 무언가가 있는 것이겠죠.'

그리고 침묵이 이어졌다.

신께서는 '계시된 자'의 위치에 대해 알려주었지만 어떻게 대처하라는 말은 일체 없었다.

'계시된 자'가 베헬라 교단의 적이 될지 아군이 될지에 대해서도 전혀 말이다.

그런 베헬라 교단의 신자로서 그 계시에 대한 알맞은 대처는 첫째로 '계시된 자'의 신변을 확보하는 것이었다.

그리고 여기서 말하는 확보란…….

스르렁!

"이름이 슈라고 했던가. 지금부터 자네는 페르시온 제국에서 허락한 권한 아래 베헬라 교단의 판단으로 체포토록 하겠다. 저항은 무의미하다는 것을 알아두는 것이 좋을 것일세."

…구속을 의미했다.

성기사는 붉은빛이 감도는 검을 시우에게 겨누고 다가갔다.

시우의 신분이 한 국가의 근위기사인 만큼 만약의 저항에 대비해 조금도 방심하지 않는 모습이었다.

시우는 도무지 뭐가 뭔지 알 수 없었다. 다만 타겟팅으로 앞서 읽었던 '계시된 자'라는 것이 시우 본인을 뜻한다는 것을 깨닫고는 소소한 충격으로 잠시 사고가 정지했다.

도대체 베헬라는 무슨 의도로 시우를 찾는단 말인가?

아니, 시우는 어느 정도 그 의도를 추측할 수 있었다.

아마 시우가 다른 세계에서 이곳으로 넘어오게 된 것과도 연관이 있을 것이다.

하지만 그렇다고 한다면 이것은 너무 늦은 대처가 아니었을까?

그런 생각과 동시에 2년 전, 카렌이 임펠스 왕국에 방문했던 일이 떠올랐다.

북부에 소재지를 둔 베헬라 교단의 성녀가 그곳에 있었던 것은 우연이 아니었던 걸까?

그렇다면 자신은 어떠한 사고에 의해 이곳에 넘어

온 것이 아니고 무언가 목적을 가지고 넘어오게 된 것이라는 뜻일까?

한 번 고였다가 무너진 둑에서는 사고의 폭포가 끝없이 쏟아지기 시작했다.

그러는 동안에도 성기사, 휴 데기아는 시우에게 다가오고 있었다.

그리고 시우의 몸을 더듬으며 허리에 맨 리네의 칼집을 한손으로 끌러내 동료 성기사, 혼스 데미안에게 던졌다.

시우는 그제야 겨우 쏟아지던 사고의 폭포를 막아내고 입을 열었다.

"나중에 돌려받을 수 있겠죠?"

"슈 씨가 베헬라 교단의 뜻에 저해되는 인물이 아니라는 것만 밝혀지면 그 즉시."

카렌이 약속하듯 대답했다.

그것은 시우의 칼을 슬쩍 뽑아보고 '세실강!' 하고 감탄하는 데미안에게 주의를 주는 말이기도 했다.

카렌의 날카로운 눈빛에 뒷걸음질을 친 데미안은 아깝다는 표정을 노골적으로 드러내며 입을 열었다.

"그때까지 이 칼은 제가 안전하게 보관하고 있겠습니다."

그의 표정 탓에 시우는 도무지 신용하기가 어려웠

지만 시우는 입을 다물었다.

베헬라 교단을 대표하는 인물인 성녀가 보장한 만큼 그녀의 말을 믿을 수밖에.

시우의 몸을 수색하던 데기아는 시우의 반지와 목걸이를 확인하는 과정에서 잠시 머뭇거렸다.

"거 굉장히 크고 아름다운 보석이구려."

"마력이 고갈된 드래곤 하트이오."

시우는 목걸이를 빼앗길 위험을 무릎 쓰고 사실을 말했다.

이 목걸이를 빼앗기면 시우는 원래의 용모로 돌아가게 된다.

알덴브룩의 악몽, 검은 머리의 악마로 악명 높은 체슈의 용모로 말이다.

그것은 결코 좋은 일이라 할 수 없었다. 특히나 베헬라 교단과의 관계를 호전시킬 의도로 무저항 구속까지 된 시우의 입장이 무색할 정도로 관계가 악화될 가능성도 있었다.

그런 상황에서 그것이 드래곤 하트임을 밝힌 이유는 마력이 고갈됐다는 것을 강조하기 위해서였다.

목걸이의 정체를 들어 알고 잠시 놀란 데기아는 레이디에게나 어울릴 법한 화려한 장신구를 찬 근위기사에게 의심의 눈길을 보냈다. 하지만 그것이 드래곤 하트라고 한다면 조금은 이해가 되기도 했다.

드래곤 하트는 드래곤이 사냥되었다는 증명. 본디 레이디들이 착용하는 보석에는 여러 가지 미신적 의미가 담겨 있기 마련이었다. 그 원천은 보석에 아름다움 이상의 가치를 부여해 팔아먹기 위한 상인들의 상술에 있었지만, 그것도 하나의 문화라고 본다면 드래곤 하트에 어울리는 미신적 의미는 '용맹' 따위가 어울릴 것이다.

실제로 데기아도 아름다움이나 금전적 가치는 둘째 치고 드래곤 하트를 사유화 한다는 사실에 욕심이 날 지경이었으니까.

한참을 고민한 끝에 데기아는 시우의 반지와 목걸이를 압수하지 않았다. 평생을 기도로써 성력을 쌓아온 데기아의 감각으로도 시우의 장신구에선 일체의 마력이 느껴지지 않았으니까.

이 과정은 어디까지나 위협이 될 수 있는 무기나 마법도구를 몰수하기 위함이지 그의 금품을 강탈하자는 것이 아니었다.

마지막으로 데기아는 마법적인 수단으로 마법도구의 마력을 숨기고 있을 가능성을 생각하고 대주교의 도움을 받았다.

"〈숨겨진 마력을 노출시킨다.〉"

키이이! 쩽!

대주교가 끼고 있던 반지가 깨져나가자 데기아는 만족스런 표정으로 고개를 끄덕였다. 그것으로 시우에게는 마법도구가 없다는 사실을 확신할 수 있었으니까.

시우는 목걸이를 빼앗기지 않았다는 사실에 안도의 한숨을 내쉬었다.

부지런히 드래곤 하트의 마력을 모두 흡수해 둔 것이 천만다행이라 할 수 있었다.

시우는 데기아가 꺼내드는 내력 봉인 팔찌를 보고 나서야 당초의 질문을 던질 수 있었다.

"도대체 계시된 자라는 것이 무엇입니까? 제가 왜 베헬라 교단에 구속되어야 하는 거죠?"

그것은 시우의 입장에 처한 인물이라면 의당 할 수 있는 질문이었다.

그리고 대답을 들을 수 있다면 앞으로의 태도를 결정하는데 있어서 가장 중요한 질문이기도 했다.

카렌은 그녀의 신안으로 시우를 보았다.

그리고 놀랐다.

말하길 시우보고 죽음을 거부했다고 평하며 계시된 자라고 말했다.

시우는 혹시 자신이 이세계인이라는 사실이 밝혀진

것일까 의심했지만 그녀의 말만으로는 그런 것 같지는 않았다.

그럼 카렌이 본 것은 무엇이고 베헬라 교단의, 아니여신 베헬라의 목적이 무엇인지 파악할 필요가 있었다.

처음이라면 얼버무렸을지도 모를 질문이지만 지금까지 무저항으로 일관했던 시우의 태도와 무기도 빼앗기고 내력도 봉인되었다는 사실에서 방심을 품는다면 사실대로 대답을 해줄지도 모른다는 생각을 했던 것이다.

데기아가 시우의 손목에 내력 봉인 팔찌를 채웠다.

그것은 과거에 보아 알고 있는 물건이었다.

알덴브룩 제국에서 포로를 붙잡아 둘 때 사용하던 물건.

시우는 팔찌의 효능을 실험하듯 내력을 움직여보았다.

첫째로 원력, 꼼짝도 하지 않았다.

둘째로 마력, 절반가량이 묶였지만 나머지는 자유자재로 다룰 수 있었다.

원한다면 이것을 차고도 얼마든지 마법을 쓸 수 있었다.

절반이 봉인 당했다고는 해도 80만 마력이 남아있었다. 원력이 완전히 봉인된 것은 조금 곤란했지만 80만 마력이 있다면 아차 하는 순간에 쓰기에는 충분한 힘이었다.

무엇보다도 이 따위 팔찌는 언제든지 풀 수 있었다.

시우의 레벨은 300에 달해 있었다.

원력의 최대량이 500에서 더 이상 늘지 않자 육체 레벨도 300에서 고정이 되었지만 그것만 하더라도 시우의 스텟은 엄청난 것이었다.

단적으로 시우의 근력 스텟은 442포인트나 되었는데 이는 포스칸이 정련한 강철도 진흙처럼 가지고 놀 수 있는 수준이었다.

아무리 내력 봉인 팔찌가 튼튼하게 만들어져 있다지만 시우의 근력에는 견뎌낼 수 없었다.

그것을 증명하듯 조금 힘을 주어 비튼 것만으로도 팔찌가 비명을 지르는 듯 싶었다.

지금 당장 팔찌를 부술 생각은 없으므로 힘을 뺐다. 한차례 늦게 데미안이 수상쩍다는 표정으로 시우의 팔찌를 확인해보았지만 수갑의 형태로 손목을 잇는 연결고리 부분이 살짝 휘었지만 이상하게 여길 정도는 아니었다.

데기아가 카렌을 보며 고개를 끄덕였다.

시우에게 채운 내력 봉인 팔찌가 정상 작동하고 있다는 신호겠지.

그것을 확인한 카렌은 그제야 안도의 한숨을 내쉬면서 입을 열었다.

"가장 먼저 사죄부터 드릴게요. 죄송합니다. 그리고 감사합니다."

"감사?"

시우가 고개를 갸웃거리자 카렌이 쓰게 웃었다.

"저희를 믿고 저항하지 않으신 것이요."

카렌의 말에 이번에는 시우의 얼굴에 쓴웃음이 떠올랐다.

그런 것이 아니다.

시우가 베헬라 교단에 저항하지 않은 데에는 몇 가지 이유가 있었다.

큐란 가에서 이미 한 차례 시행착오를 겪었던 시우는 힘을 조절하는데 한층 공을 들이기로 마음먹고 있었다.

분명 시우의 힘이라면 성녀를 포함한 이 자리의 모든 성직자들이 힘을 합쳐도 어쩔 수가 없을 것이다.

그러나 부자연스러울 정도의 힘을 지닌 시우에겐 신분을 세탁할 필요가 있었다.

그것이 바로 임펠스의 근위기사라는 신분이었고 시우는 거기에 어울리는 힘만 사용하기로 했던 것이다.

이미 큐란 가에서 사용한 힘 덕분에 드래곤일지도 모른다는 의심을 받았는데 북부에서도 마음대로 힘을 쓸 수는 없었던 것이다.

정체를 알 수 없는 힘은 두려움을 사고 그것은 곧 적대행위로 이어질 수도 있기 때문이었다.

물론 언젠가는 이 힘을 가감 없이 사용해야 할 날도 찾아오겠지만, 이것은 순서의 문제였다.

힘이 없기 때문에 베헬라 교단의 구속에 응한 것이다. 그렇게 생각했는데 나중에 알고 보니 그럴 필요가 없었을 정도로 강하더라 하는 이야기가 나오면 그 힘은 믿을 수 있는 힘이 될 것이다. 반대로 지금 여기서 저항하면 시우는 무위는 뛰어날지 몰라도 신용할 수 없는 자라는 도장을 찍히게 된다.

그런 도장이 찍히고 나서 다시 신용을 쌓는 것은 무척 어려운 일이 될 터이니 시우가 무저항으로 구속에 응한 것은 신용 쌓기의 일환으로 볼 수 있었다.

물론 시우라고 잘못한 것도 없는데 구속을 당하는 입장이 마음에 드는 것은 아니었지만 말이다.

그러니 카렌의 말처럼 시우는 베헬라 교단을 믿었기 때문에 저항을 하지 않은 것은 아니었다. 무기를 빼앗기고 내력 봉인 팔찌로 구속되더라도 언제든 해방될 수 있다는 자신감과 필요에 따른 행동에 불과했던 것이다.

그러한 사정을 떠올리며 쓰게 웃는 시우의 모습에 카렌은 고개를 갸웃거렸다. 그러나 시우에겐 자신의 심정을 토로할 생각이 없었다.

그런 것보다도 지금 시우에게 중요한 것은 도대체 '계시된 자'가 무엇인가 하는 점이었다.

지금까지 파악한 것으로 보자면 베헬라 교단에게 있어서 '계시된 자'는 적대할 대상이 아니었다. 만약 그렇다면 이렇게 구속하기보다는 정체를 파악한 시점에서 바로 전투 행위로 진입했을 것이다.

시우가 혼동하는 것은 노골적으로 적 취급은 받지 않았지만 구속이 되었다는 점이었다.

'계시된 자'라고 불릴 정도라면 시우가 여신 베헬라의 계시에 등장을 했다는 정도는 이해할 수 있었다. 하지만 적도 아군도 아니라고 한다면 도대체 무슨 계시를 받았단 말인가?

어쩌면 가능성으로는 '계시된 자' = '이세계인'일 가능성을 떠올릴 수 있었다.

단지 시우가 이세계인이라는 점만 계시되었다고 한다면 이런 대응도 이해할 수 있었다.

그러나 거기에만 초점을 맞춰 행동할 수는 없었다.

시우는 자신이 이세계인이기 때문에 생긴 이상 현상을 경계하고 있었다.

시우의 몸에 닿는 모든 성력이 소멸되는 그 현상은 이 세계의 신조차 부정하는 힘이었으니까. 지금까지는 그럴 듯한 거짓말로 헤쳐오긴 했지만 거기에도 한계가 있었다.

만약 시우가 생각하는 '계시된 자' = '이세계인' 이라는 공식이 맞는다면 '그래요. 맞아요. 제가 이세계인입니다. 이 능력도 그래서 생긴 거죠.' 하고 당당하게 행동할 수도 있겠지만 이세계인은 이 세계 역사에 전례가 없었던 존재인 만큼 계시 따위로 존재가 증명되지 않고서야 '이세계인이라서 성력이 안 통하는 거예요.' 하는 변명은 궁색할 수밖에 없었다.

때문에 지금 시우가 가장 염려하는 상황이 바로 베헬라 교단과의 전투로 시우의 '성력 소멸' 현상이 발각되는 것이었다.

변명거리가 궁색한 만큼 그들이 믿는 신마저 부정하는 이 능력은 성직자들의 무조건적인 적개심을 끌어내기에 부족함이 없었다.

이것이 시우가 무저항으로 구속에 응한 이유 중에 하나이기도 했다.

"감사는 필요 없어요."

시우는 그렇게 말하면서 손목에 채워진 수갑을 들어 보였다.

"이렇게 수갑까지 채워놓고 비밀로 하실 생각인가요? 한 번 더 묻지만, 도대체 계시된 자가 뭐죠? 저는 왜 구속된 거예요?"

그 질문에 카렌은 난색을 띠며 성직자들을 돌아보고 있었다.

검문이 재개되었다.

카렌은 시우야말로 '계시된 자'가 틀림없다고 확신했지만 그렇지 않을 일말의 가능성이 남아있는 이상 모든 승객을 검문하는 것이 옳다는 판단이었다.

그러나 계속된 검문에서도 시우 외에 그럴 듯한 인물은 나오지 않았다.

뒤늦게 시우가 베헬라 교단에 구속되었다는 소식을 전달받은 일행들은 어찌된 영문인지 알 수가 없었다.

"왜 체슈 오빠가 교단에 구속돼야 하는 거죠?"

루리의 질문에 대답을 할 수 있는 사람은 없었다.

그 상황에서 가장 먼저 입을 연 것은 레이나였다.

"흥! 어차피 또 범죄라도 저질러서 수배를 받은 거겠지."

레이나의 말에 일행의 분위기가 바뀌었다.

"어째서 레이나 영애는 슈 씨를 그렇게 못마땅하게 여기시는 거죠? 분명 그분은 알덴브룩 제국으로부터 지명수배를 받고 있지만 그것은 사실무근의 원죄라고요! 슈 씨를 체포하기 위해 있지도 않은 죄를 뒤집어씌운 거라고요!"

아리에타의 대변에 레이나와 루시아나, 둘을 제외한 나머지 동행들이 레이나를 노려보았다. 심지어는 신분적으로 결코 레이나에게 비견될 수 없는 루리와 로이마저 레이나를 노려보고 있었다.

레이나는 그런 그들의 눈빛을 한 몸에 받으면서도 도무지 이해를 할 수가 없었다.

그녀로선 도무지 시우를 제대로 된 인격자라곤 생각할 수 없었다. 그것은 시우와의 만남, 첫인상이 너무 강렬했기 때문이리라.

만약 레이나가 처음부터 인격적으로 행동했다면 시우도 마땅한 예의를 차렸을 테지만 레이나는 그 일이 본인의 탓이라고는 전혀 생각하지 않았다.

예의 그 '체벌'은 시우가 인격적으로 못난 사람, 아니 드래곤이기 때문에 저지른 만행일 뿐이지 자신이 잘못한 것은 아무것도 없다고 말이다.

레이나는 평생을 '그렇게' 살아왔다.

"아니, 애초에 다들 그 드래곤을 어떻게 그렇게 신용할 수 있는 거지?"

레이나는 쏟아지는 눈빛에 반항하듯 쏘아붙였다.

그에 일행들은 고개를 갸웃거렸다.

아리에타가 일행을 대표해서 물었다.

"드래곤이라니, 설마 슈 씨를 말씀하시는 거예요?"

"그럼, 드래곤이 그 자 말고 더 있어?"

말을 나누고 시선을 마주친다.

그리고 서로 대화가 맞물리지 않는다는 직감에 동시에 고개를 갸웃거렸다.

아리에타는 레이나의 발언에 등 뒤로 땀을 흘리며 대답했다.

"아니. 슈 씨는 드래곤이 아니……."

라고 단언할 수 있을까?

의심이 고개를 들었다.

시우의 신분에 대해서는 이미 들은 것이 많았다.

아카리나 대륙 최남단 출신으로 헤카테리아 대륙에는 알려지지 않은 교단의 성자이며 강인한 힘을 지닌 무인.

하지만 그것이 속임수가 아니라는 증명이 어디에 있단 말인가?

만약 시우가 정말로 드래곤이라고 한다면 아리에타

의 기억을 조작했을 가능성도 있었다.

알덴브룩 제국의 기사들로부터 구출 받은 것도, 연합국의 잔존 세력과 만나 시우의 정체에 대해 듣게 되었던 것도 모두 드래곤의 마법으로 주입받은 가짜 기억이라면?

조금은 피해망상적인 상상이었지만 드래곤에게는 실제로 그럴 수 있는 능력이 있었다.

그렇게 생각하면 의심스런 부분이 하나둘이 아니었다.

일단 시우의 무위가 그랬다.

그것은 도무지 인간의 영역이라고는 생각할 수 없는 힘이었으니까.

아리에타의 의심이 깊어가는 가운데 로이가 돌연 목소리를 높였다.

"상관없어!"

"뭐?"

레이나가 무례하다는 눈치로 로이를 노려보았다. 그러나 로이는 그에 굴하지 않았다.

"체슈 형이 드래곤이든 사람이든 상관없어! 체슈 형은 내 형이니까!"

"저도 마찬가지예요. 체슈 오빠가 드래곤이든 아니든 상관없어요. 저희는 체슈 오빠에게 구원받았고 거기에 오빠의 정체는 아무런 상관도 없으니까요!"

루리의 말을 받고 에리카 일행이 나섰다.

"체슈 오빠의 힘이 인간의 영역을 초월했기 때문에 그렇게 생각하는 것은 무리가 아니에요. 하지만 장담하건데 체슈 오빠는 드래곤이 아니에요."

"체슈가 드래곤이라니 말도 안 되냐."

"아직 약하던 시절의 체슈를 알고 있는 저로서는 우스운 이야기군요."

그런 그들의 말에 아리에타도 간신히 마음을 정리했다.

저들에 비하면 아리에타는 아직 시우와 함께한 시간도 짧고 서로가 서로를 이용하는 얄팍한 사이이기는 했지만 시우를 의지하는 아리에타의 마음은 진짜였다.

그리고 애초에 시우가 드래곤이고 허구의 기억을 심을 수 있는 마법적 능력이 있다면 페르시온 제국과 손을 잡기 위해 망국의 공주라는 어설픈 입장을 가진 아리에타를 이용하는 것보다 손쉬운 방법은 얼마든지 있을 거라는 생각도 들었다.

아리에타는 다시금 마음을 정리하며 고개를 끄덕였다.

역시 아리에타의 기억은 진짜였다. 이 기억은 결코

거짓이 아니었다.

그런 반응에 혼란스러운 것은 레이나였다.

"그럼 뭐야. 그 녀석이 정말 인간이라는 거야? 그 말도 안 되는 힘을 지닌 녀석이?"

일동 고개를 끄덕였다.

레이나의 혼란이 한층 가속되었다.

시우와 오래 알고 지낸 그들이 저렇게까지 말하는데, 그렇다면 정말로 시우는 드래곤이 아니라는 말인가?

레이나는 '하지만!', '그래도!', '어째서?' 등 혼잣말을 시작했다.

아리에타가 입을 열었다.

"지금 중요한 것은 슈 씨의 정체가 아니에요. 어째서 슈 씨가 베헬라 교단에 구속되었는지, 어떻게 하면 석방할 수 있는지 알아내는 것이 급선무예요."

물론 아리에타의 입장에서는 구속된 체슈를 방치하고 근위기사들과 함께 페르시온 제국으로 향한다는 선택지도 있었지만 아리에타는 그 가능성을 배제하고 생각했다.

그 때 성기사 한 명이 아리에타 일행을 향해 다가왔다.

"임펠스의 근위기사 슈의 일행 되십니까?"

"예. 도대체 슈 씨는 왜 구속되신 거죠?"

아리에타의 질문에 성기사는 난처한 표정을 짓다가 입을 열었다.

"그에 대해서는 극비사항이라 말씀드릴 수 없습니다. 다만 성녀님께서 동행을 허락하시겠다는 말씀을 하셨습니다."

아리에타는 고개를 끄덕였다.

저 말이 무슨 뜻인지는 명백했다.

단순히 호의일 수도 있지만 아마도 저것은 안 보이는 곳에서 작당을 하게 두는 것보다는 곁에 두고 수상한 움직임을 가질 수 없도록 하는 것이 편하다는 판단에서 나온 제안일 것이다.

그러나 아리에타 일행으로서 거절할 이유는 없었다.

그 외의 선택지도 없었다.

지금으로선 구속된 시우의 행방을 알기 위해서도 베헬라 교단과 합류해 움직이는 것이 최선이었으니까.

무엇보다 베헬라 교단의 목적지는 페르시온 제국 영토에 해당하는 베헬라 교단의 영지, 펠릭스였다.

페르시온 제국을 향하는 이들의 목적과도 부합되는 길이기에 일행은 더 이상 고민하지 않았다.

Respawn

NEO FUSION FANTASY STORY & ADVENTURE

34장.

습격

34장.
습격

리스폰

    헤카테리아 대륙 남부를 통일한 알덴브룩 제국에서는 성룡이라 추대 받으며 거기에 적대하는 국가로부터는 마룡이라 멸대 받는 드래곤 베네모스는 그가 태어나고 지금까지 살아온 500년의 세월 중 가장 바쁜 1년을 보내고 휴식을 취하고 있었다.

    인간에게 적개심을 품은 드래곤, 인간을 두려워하는 드래곤, 인간을 경계해 동면을 힘겨워 하는 드래곤 등 아군으로 섭외할 수 있는 드래곤을 직접 찾아가 교섭하는 것은 신의 사자로 선택된 베네모스에게도 결코 쉽지 않은 일이었다.

    인간들은 드래곤 하트를 전쟁의 도구로 이용하기

위해 드래곤 사냥에 열을 올리고 드래곤들은 그런 인간들을 경계하지만 인간들을 경계하는 만큼, 혹은 그 이상으로 동족을 경계하기 때문이었다.

특히 지금은 광룡이라 불리는 수아제트가 동족을 사냥하는 것으로 유명세를 떨치는 시대였다. 그런 수아제트와 함께 행동하는 것으로 알려진 베네모스가 동족들로부터 과잉적인 경계심을 산다고 해도 어쩔 수는 없는 일이었다.

베네모스가 교섭하기 위해 찾아가는 드래곤 중에는 베네모스와 동급이거나 그 이상의 힘을 가진 드래곤도 있었다. 그런 드래곤들은 자신의 탑을 찾아온 베네모스를 무작정 공격해 버리기도 했는데 그런 그들의 기습적인 공격에서 베네모스가 무사할 수 있었던 것은 신의 사자로부터 파일로스에게 내려 받은 신의 권능 덕분이었다.

파일로스는 파괴의 신이다.

성력은 그런 신의 힘이 담긴 기운이고 베네모스의 일생, 550년의 세월 동안 드래곤 하트에 쌓인 1,738,000포인트의 마력은 전부 파괴의 성력으로 바뀌어버린 상태였다.

거기에 더해 신의 사자로 선택된 자에게 주어지는 기운으로 100만 포인트의 성력이 더 주어진 베네모스는 총체적으로 270만 포인트를 넘어가는 파괴의 성력을 지니고 있었다.

동량의 마력과 비교해도 무려 800살의 드래곤과 동등할 수준이며 파괴라는 수단에서만 본다면 마력보다도 뛰어난 힘을 지닌 것이 파일로스 교단의 성법이었다.

비록 베네모스의 나이가 550세에 지나지 않을지 모르나 전투력만큼은 1,000세에 이른 드래곤에 필적할 수준이었다.

그렇다 하더라도 정신을 조종하고, 영혼을 타락시키며, 시간을 다루는 등, 신의 권능과도 같은 효과의 마법을 부리는 드래곤들과 다투는 것은 베네모스에게도 무척 피곤한 일이었다.

불과 7일 전, 700세의 드래곤과 접촉해 회유에 성공한 베네모스는 성력의 상당부분을 소모하고 그것을 회복하는 작업에 들어가 있었다.

본디 드래곤은 마력을 회복하는데 명상을 할 필요가 없다. 그들은 태어난 순간부터 이마에 달려 있는 드래곤 하트로부터 마력을 자연 회복하는 것이 가능하기 때문이었다.

그러나 성력은 달랐다. 마력이라면 드래곤 하트로 인해 자연적으로 회복하는 것이 가능했지만 신의 사

자로 선택되며 모든 마력이 성력으로 변화한 베네모
스는 소모한 성력을 의식적으로 회복할 필요가 있었
다.

인간 마법사들이 명상으로 마력을 모으듯, 성직자
들이 기도로 성력을 모으듯.

베네모스는 기도에 들어갔다.

1초에 1포인트의 성력이 회복되는 속도는 180만 포
인트의 성력을 회복하기 위해서 20일 가량의 시간을
필요로 했다.

550세의 베네모스가 700세가 넘어가는 드래곤을
상대로 전투에서 승리할 수 있었던 것은 성력의 힘 덕
분이었지만 이 점에 있어서는 불만이 클 수밖에 없었
다.

말은 휴식이었지만 따지고 보면 베네모스는 다음
드래곤을 섭외하기 위해 준비를 하는 것이라고도 말
할 수 있었다.

베네모스는 조금 지겨운 기분을 느끼면서 자신의
것이 아닌 사고가 뇌리에 끼어드는 불쾌감을 느꼈다.

베네모스가 믿고 섬겨야 하는 신, 파일로스의 계시
가 내려온 것이었지만 자신의 것이 아닌 생각이 자신
의 머릿속을 휘젓고 다니는 기분은 결코 좋은 것이 아
니었다.

아직 지난 전투에서 소모한 성력의 반도 회복하지 못했는데 설마 벌써 다음 타겟을 발표하는 것인가 하고 베네모스는 눈살을 찌푸리고 파일로스의 목소리에 정신을 집중했다.

그러나 그것은 지금까지와는 다른 종류의 행동을 요구하고 있었다.

지금까지는 드래곤 세력의 강화와 그들의 관리에 대한 계시를 내려줬다. 이를테면 베네모스의 목표를 돕기 위한 계시. 그러나 지금 내려온 계시는 교단을 위한 계시라 할 수 있었다.

베네모스는 잠시 고민했다.

신은 자신을 대신해 지상에서 활약할 대리를 선택한다. 그리고 그들은 신으로부터 방대한 성력과 신의 권능을 사용할 권리를 받는 동시에 의무를 부여받는다.

하지만 그렇게 선택된 신의 사자는 신의 권능을 부리면서도 의무는 행하지 않아도 되었다. 딱히 신의 계시를 무시한다하여 책임을 질 필요는 없기 때문이다.

그것은 베네모스도 마찬가지였다.

베네모스는 자신의 목적을 위해 파일로스를 이용했다. 그가 내려준 권능과 힘을 이용해 알덴브룩 왕국을 지배해 제국으로 재탄생시켰고 인간 사회를 파괴하는 일환으로서 헤카테리아 대륙의 남부를 통일시켰다.

하지만 파일로스 교단을 위해 활동할 필요가 있을까?

그 순간 다시 계시가 내려왔다.

계시라기보다는 마치 대화를 나누듯 말을 걸어온 것뿐이었지만 말이다.

"〈…내 계획을 알고 그것을 방해하려는 존재? 그게 베헬라 교단과 협력 관계를 맺으려 한다는 소리인가?〉"

베네모스는 깊은 한숨을 내쉬며 속부터 끓어오르는 분노를 잔잔하게 표현했다.

"〈어째서 그런 이야기를 이제야 하는 거지? 네 이야기를 듣자면 내 계획을 알고 있다는 놈은 이미 베헬라 교단과 접촉한 것이 아닌가?〉"

교단이 정말 무서운 이유는 전지한 신으로부터 앞으로 어떻게 행동하는 것이 최선인지 계시를 받을 수 있다는 데에 있었다.

그것은 마신인 파일로스라고 해서 다를 것이 없었다.

그런데도 이미 사건이 터진 후에야 경고를 하다니, 신으로서 역량이 부족한 것은 아닌지 의심이 들었다.

"〈정보 통제? 규격 외의 영혼? 그게 무슨 소리지?〉"

베네모스는 물었지만 거기에 대한 대답은 들리지 않았다.

아마 파일로스도 답을 알 수 없는 질문인 모양이었다.

재차 들려온 것은 처음 들었던 계시.

베헬라의 성녀와 함께 교황성으로 돌아가는 협력자를 파괴하라.

파괴하라. 파괴하라.

뇌리에 메아리처럼 울려 퍼지는 그 계시에 베네모스는 눈살을 찌푸렸다.

베네모스는 회복된 성력을 확인해보았다.

최대 성력의 절반가량이 회복되어 있었다.

이 정도로도 성룡 베네모스의 상대가 될 수 있는 것은 그렇게 많지 않을 것이다. 게다가 상대는 성녀가 섞여있다지만 고작 인간들뿐이었으니 베네모스가 두려워할 상대는 아니었다.

그러나 파일로스의 권능으로도 상세를 파악할 수 없는 상대라는 점이 마음에 거슬렸다.

만약 모든 성력을 회복한 상태였다면 모를까 조금은 조심할 필요성을 느꼈다.

"〈알았다. 그러면 교황에게 말을 전달해 보도록 하지.〉"

베네모스의 대답에 계시가 그쳤다.

알덴브룩 제국은 국교로 파일로스 교단을 내세우며 교국이 되었다.

왕국에서 제국을 선포하고 황제가 된 데모트리 드미트리스는 교황이 되었다.

남부는 통일되었지만 완전한 통일은 아니었다.

드래곤과 마법병기, 강력한 군사력으로 강제로 통일시킨 남부에선 지금도 잦은 저항으로 골머리를 앓고 있었다.

남부를 통일한 알덴브룩 제국은 파일로스 교단을 국교로 삼으며 그 이외의 교단을 인정하지 않았다.

당당하게 세워져 있던 삼대주교의 신전을 파괴하고 억압했다. 신앙의 대상을 바꾸도록 강요했고 따르지 않으면 고문과 살인을 가리지 않았다.

때문에 신실한 신앙심을 가진 성직자들은 신분을 감추고 어둠 속에 숨어들었다.

파일로스 교단의 교리에 따라 전쟁으로 파괴된 땅 위에 건설되는 파일로스 교단의 신전을 습격해 파괴하고 뒷골목에서는 선교 활동을 그치지 않았다.

임펠스 왕국에서 발족한 저항군도 끊임없이 덩치를 불렸고 연합군의 잔당 또한 알덴브룩 제국의 군수물자를 빼돌리기 바빴다.

누더기다.

남부를 통일한 알덴브룩 제국은 이곳저곳에 난 구멍을 방치하고 이리저리 덧대어 간신히 옷 시늉을 내고 있는 누더기였다.

그럼에도 불구하고 알덴브룩 제국은 내부를 다스리기보다도 다음 전쟁에 대한 대비로 바빴다.

알덴브룩 제국의 황제이자 파일로스 교단의 교황직에 앉은 데모트리 드미트리스는 그러한 불안을 안고 있는 것이 마치 심지가 타들어가는 폭탄을 들고 있는 것 같아 참을 수가 없었다.

그러나 데모트리 드미트리스는 인형이었다.

팔다리를 보이지 않는 실로 연결하여 그 위에서 다른 누군가가 조종하는 꼭두각시였다.

모든 명령권은 성룡 베네모스에게 있으며 교황은 그에 따르며 인간에게 명령을 내리는 매개에 지나지 않았다.

지난 1년 간, 10년은 늙은 듯 흰머리와 주름이 잔뜩 늘어난 드미트리스는 아름다운 금빛 머리칼과 동공을 가진 미청년의 등장에 쓰게 웃었다.

"어서 오십시오. 성룡이시여. 어찌하여 과인을 찾아오셨나이까?"

금발의 청년, 인간으로 둔갑한 베네모스는 처리가 급한 서류로 높이 쌓인 사무실을 둘러보다가 고개를 끄덕였다.

"전쟁 준비는 잘 되어가고 있느냐?"

"최선을 다해 진행하고 있나이다. 허나 한 가지 불안한 것이 있으니 자국 내에서 활동하는 수많은 역적들의 처리가 급하지 않나 염려되옵니다."

황제의 말에 베네모스가 힐끗 황제와 시선을 마주쳤다.

황제는 그에 고개를 숙이며 시선을 피했다.

남부를 통일한 제국의 주인 되는 자의 처신이 아니었다. 이는 마치 명령을 기다리는 하인의 모습.

베네모스는 벌써 수차례고 같은 말을 반복하는 황제의 모습에 깊은 한숨을 내쉬었다.

"말했지 않은가. 지금 우리에게 급한 것은 우리를 얕보고 있는 북부의 국가들에게 우리의 힘을 보여주는 것이라고. 내부의 문제는 그 후에 처리해도 상관이 없다. 이는 파일로스 신의 계시이니 더 이상의 변론은 허락하지 않겠다."

황제는 말없이 더욱 깊이 고개를 숙였다.

계시?

내부의 문제가 중요치 않다?

그딴 계시는 내려오지 않았다.

이는 모두 베네모스의 거짓말이었다.

그도 그럴 것이 베네모스의 최종적인 목표는 인간들을 상잔시키는 것이었다.

지금이야 적대 세력 즉, 인간들을 견제하여 알덴브룩 제국 측에 협력하고 있지만 결국은 알덴브룩 제국마저 무너트리고 모든 인간의 위에 드래곤을 세우는 것이 베네모스의 진정한 목적이었다.

황제도 그러한 베네모스의 목적을 모르지는 않았다.

파일로스 신의 사자로서 황제의 앞에 모습을 드러낸 베네모스는 자신의 계획에 대해 숨김 없이 드러내며 따르라 말했다.

황제는 자국의 부흥과 인류의 존속을 위해 어쩔 수 없이 베네모스에게 따르기로 마음먹었지만 지금에 이르러서 알덴브룩 제국은 더 이상 브레이크가 밟히지 않는 폭주 열차와 같았다.

베네모스의 말이 거짓이라 생각하면서도 거기에 따르지 않을 수가 없었다.

"그런 것보다도."

고개를 깊이 숙여 얼굴에 떠오른 통한의 표정을 간신히 숨긴 드미트리스 황제에게 베네모스는 일축하며 분위기를 전환했다.

"내 계획이 바깥에 새어나갔다는 계시가 내려왔는데 거기에 대해 짐작가는 바가 있는가?"

황제는 깊이 숙였던 고개를 번쩍 들며 화들짝 놀란 표정으로 베네모스의 얼굴을 확인했다.

베네모스는 눈을 가늘게 뜨고 황제의 반응을 살피고 있었다.

그는 의심하고 있었다.

베네모스의 계획에 대해 아는 자는 베네모스에게 협력하기로 약속한 드래곤들을 제외하면 오직 황제밖에는 없었다.

반강제적으로 베네모스에게 협력하기로 한 드래곤들도 베네모스의 계획이 성사되면 스스로 얻을 수 있는 이득이 크다는 것을 이해했을 것이다.

그들을 통해 인간들에게 계획이 새어나간다는 것은 말이 되지 않았다.

가능성이 있다면 황제. 그가 베네모스의 계획을 무너트리기 위해 알덴브룩 제국이 아닌 바깥에 도움을 요청했다는 가설이었다.

그러나 황제는 아니었다.

지금 알덴브룩 제국은 엉망진창이다.

하나의 국가로서 존속하고 있다는 것이 기적일 정도로 알덴브룩의 속국을 자처한 중소국가들은 반기를 들 기회만 호시탐탐 노리고 있었고 전쟁으로 목이 떨어진 영주들을 대신하여 새로이 귀족의 자리에 앉은 놈들은 통치를 전혀 모르는 무능한 자들로 가득했다.

이러한 시기에 알덴브룩에 협력하는 드래곤들의 목적이 사실은 인간 사회를 부수기 위해서였다는 사실이 밝혀져서 알덴브룩 제국 측에 좋을 것은 아무것도 없었다.

그런 황제의 반응에 베네모스는 고개를 저었다.

'이놈은 아니야.'

황제는 진정 베네모스의 계획이 바깥에 노출된 것을 걱정하고 있었다.

이것이 연기일 가능성이 없지는 않았지만 베네모스는 550년의 세월을 살아오면서 제법 많은 세월을 인간으로 둔갑해 유희를 보냈다. 그 경험으로 따지자면 거짓이 아니라는 직감을 얻을 수 있었다.

그렇다면 놈은 어떤 방법으로 베네모스의 계획을 알게 된 것일까?

설마 드래곤들 사이에 배신자가?

베네모스는 재차 고개를 저으며 생각을 바로 잡았다.

이것은 나중에 고민해도 될 문제였다.

지금은 황제가 배신하지 않았다는 것만 확인하면 되었다.

"계시다. 베헬라 교단의 성녀와 그 협력자를 파괴하라는 계시가 내려왔다."

드미트리스 황제는 베네모스의 말에 안색을 굳혔다.

베헬라 교단의 성녀가 같이 행동하고 있다고 하는 점이 마음에 걸리긴 했지만 그녀도 언젠가는 알덴브룩 제국이 상대해야 할 적이었다.

드미트리스 황제와 성룡 베네모스가 시선을 나눴다.

✢

알덴브룩 제국은 왕국이라 불리던 시절과는 비교도 할 수 없이 강대해졌다.

드래곤 세력은 물론 그들이 지원한 마법병기로 전쟁에 승리하면서 위용을 떨친 덕분에 주변 국가들을 흡수하며 덩치가 불어났다.

주변 국가들이 알덴브룩 제국의 속국을 자처할 때는 그냥 흡수당한 것이 아니라 상납금으로 드래곤 하트를 바쳐오기도 했다.

그렇게 강해진 군사력으로 다시 연합국과 전쟁을 일으켜, 승리했다.

그리고 교국으로 파일로스 교단을 선언한 덕분에 북부에서 삼대주교에 대항해 암약하던 파일로스의 신자들이 알덴브룩 제국을 찾아오면서 알덴브룩은 산 정상에서 굴린 눈덩이처럼 급격하게 강해졌다.

대주교 아론 사나다도 북부에서 암약하던 파일로스 교단의 신자였다.

성력, 신이 내린 성스러운 힘을 품은 성직자는 선하다.

그런 편견이 있다.

어떻게 보면 당연하다 할 수 있었다.

성력을 각성하면 교단에서는 성력의 각성과 신앙심에 아무런 연관관계가 없다는 사실을 들키지 않기 위해 좋은 대우를 약속하며 섭외한다.

하지만 그것은 어디까지나 교단의 성직자로서 이로운 활동을 해야만 한다는 전제조건이 깔린 것이었다.

교단의 교리에 따라 활동하며 결코 스스로 믿는 신

의 이름에 먹칠을 하는 일이 없도록 행동해야만 하는 것이다.

만약 이를 어기거나 교단의 성직자에 어울리지 않는 행동을 하게 되면 지금까지 약속되었던 모든 우대는 박탈되고 교단의 성직자에서 제명된다.

아론 사나다도 이렇게 삼대주교의 신자에서 제명이 된 케이스였다.

사나다는 부모가 누군지 기억에 없다.

정신을 차렸을 때에는 부랑자들과 부대끼며 적선으로 연명하고 있었고 그러던 어느 날 몸에 기묘한 위화감이 느껴지더니 신관들이 찾아와 '너는 오늘부터 베헬라 교단의 성직자다.' 라며 데려가 씻기고 먹였다.

가정집에서 버린 음식물 쓰레기를 뒤지며 허기를 다스리고 발목까지 쌓인 눈과 추위에 온몸의 감각이 마비되어 밤이면 밤마다 쉬지 않고 걸음을 놀렸다. 허기진 배는 그 자리에 누워 잠을 청하라 유혹했지만 조금이라도 몸을 덥혀 추위에 저항해야만 살아남을 수 있었다.

밤이 지난 새벽에는 사나다 또래의 아이들이 차가운 시체가 되어 거리를 나뒹굴었으니까.

그런 나날이 끝나고 사나다는 배가 터지도록 맛난 음식을 먹고, 따뜻한 옷을 입고, 푹신한 침대에서 원

없이 자고 일어나 다시 식사를 할 수 있다는 사실에 행복감을 느꼈다.

사나다는 진심으로 베헬라 여신에게 감사했다.

사나다는 베헬라 교단의 성직자로서 교리를 수업받으면서 꾸준히 기도를 올렸다.

감사의 기도를 쉼 없이 올리며 성력을 쌓았다.

성력, 신이 내린 성스러운 힘을 품은 성직자는 선하다.

그런 편견이 있긴 하지만 사실은 틀리다.

성력을 품었기 때문에 좋은 대우를 약속받고, 생활에 여유가 생긴 성직자들은 남의 물건을 훔치거나 구차한 행동을 할 필요가 사라지는 것이다.

그런 생활을 박탈당하지 않기 위해서도 결코 문제가 생길 행동은 하지 않으며 오히려 더 좋은 대우, 사제에서 대사제가 되기 위해 선교활동에 힘을 쓰는 경우도 있었다.

마력이 돌연변질한 결과인 성력은 결코 대상의 인성과는 상관없이 발현한다.

그리고 어쩌면 사나다는 선하지 않았는지도 몰랐다.

분명 처음에는 다른 교단의 아이들과 다를 것이 없었다.

그것은 교단의 생활에 어느 정도 익숙해지고 또래의 신관들보다도 많은 성력을 쌓았다는 이유로 유망주라 많은 기대를 받기 시작하면서부터였던 기분이 들었다.

처음에는 고양이나 강아지였다.

이유도 없이 시끄럽게 짖어대는 강아지를 죽였다.

오라고 손짓하는 것을 무시하고 도망가려는 고양이를 죽였다.

어느 날 그것을 들키자 사나다가 신세를 지는 신전의 주교가 사나다에게 물었다.

'왜 죽였니?'

사나다는 분명 이렇게 대답했던 것 같았다.

'살아있을 필요가 없으니까요.'

사나다의 주장은 이러했다.

자신에게 아무런 도움도 되지 않는, 오히려 시끄럽게 짖어대고 짜증나니까 죽였다.

베헬라 교단의 대표적인 교리는 '보다 나은 죽음을 선사하라.' 였다. 그러니 사나다의 기준에서 살아있을 가치가 없다면 지금 당장 죽이고 다음 생에 더 나은 생물로 다시 태어나는 것이 베헬라 교단의 교리에 따르는 것이라 생각했다는 것이었다.

그것이 사나다 나름의 신앙이었던 것이었다.

그런 사나다의 대답을 듣고 주교는 사나다에게 한 마리 강아지를 주면서 키우도록 시키고 생명의 소중함을 깨닫게 해주기 위해 많은 관심을 기울였다.

아주 간혹, 어려서 부모를 잃고 자란 고아들 중에는 죽음이란 개념을 잘못 이해하는 아이들이 있음을 잘 알고 있었기에 취한 행동이었다.

그러나 사나다는 그런 것과는 조금 달랐다.

결과적으로 사나다는 자신이 키우던 강아지를 죽였다.

사료를 먹이던 강아지의 머리를 쓰다듬으려다가 손을 물린 탓이었다.

사나다는 그 강아지의 시체에 대고 중얼거렸다.

'다음 생에서는 사람을 물지 않는 강아지로 태어나거라.'

그런 사나다의 기행은 청년으로 성장하면서도 전혀 고쳐지지 않았다.

처음에는 작은 동물들에서 그쳤지만 성장한 사나다는 자신의 명령에 거역하는 평민을 죽이기 시작했다.

그것이 문제가 될 수 있음을 잘 아는 사나다는 처음에는 교단에 들키지 않도록 몰래 행동했지만 그것이 사나다의 짓임은 머지않아 발각되고 말았다.

사나다는 베헬라 교단에서 제명되었다.

사나다는 어린 나이로 많은 성력을 쌓았고 마법에 뛰어난 재능을 보여 성법을 부리는 데에도 유능했지만 '죽음'이란 개념을 교리로 삼는 베헬라 교단에서 사나다를 품고 가기엔 그가 지니고 있는 '죽음'에 대한 이해가 너무도 이질적이었던 탓이었다.

교단에서 쫓겨난 사나다는 용병으로 활동했다.

생명을 죽이는 성법에 뛰어난 능력을 가진 사나다는 머지않아 용병들 사이에서 두각을 나타내기 시작했다.

사나다는 아직 어렸지만 몬스터를 죽이는 능력에 있어서는 웬만한 마법사들 이상이었다.

그러나 여기서도 사나다의 기행이 문제가 되기 시작했다.

호위 임무의 도중, 일을 제대로 못한다는 이유로 짐꾼을 죽이고, 방해가 된다는 이유로 동료를 죽이는 등 사람의 생명을 대수롭게 생각하지 않는 사나다의 모습은 죽음에 익숙한 용병들에게도 두려움을 사는 대상이 되었기 때문이었다.

사나다는 만족했다.

신전에서 동물을 죽였을 때는 잔소리를 잔뜩 들어야 했는데 용병이 되어 활동하자 사람을 죽여도 별 소리를 듣지 않았으니까.

용병은 내 천직이다.

그렇게 생각했다.

그러나 문제는 머지않아 나타났다.

호위 임무를 의뢰한 상단의 짐꾼을 죽이거나 동료 용병을 죽인 것은 크게 문제가 되지 않았다. 진짜 문제는 그러한 행동을 마을 안에서도 했다는 데에 있었다.

무언가 거슬리는 일이 있을 때마다 평민을 죽이고, 결국 어느 날 시끄러운 여자를 죽였는데 알고 보니 그게 어느 상인의 딸이었다는 것이 밝혀지고 만 것이다.

사나다는 그 날로 바로 지명수배를 받아 마을의 경비병들과 상인이 고용한 용병들에게 쫓기기 시작했다.

거기에 더해 사나다가 베헬라 교단의 신언을 외워 성법을 쓴다는 사실을 알아낸 상인의 고발에 베헬라 교단에서도 사나다를 구속하기 위해 파견되었다.

사나다는 베헬라 교단에서 제명되었다. 제명된 사제는 해당 교단의 신언을 사용할 수 없다는 법이 있었고 이를 어긴 사나다의 결말로는 당연한 일이었다.

마을의 경비병과 상인의 용병들이야 해당 마을에서 멀리 벗어나면 크게 문제는 없었지만 곤란하게도 베헬라 교단은 달랐다.

사나다가 어디로 도망을 가든 베헬라 교단의 성직자들은 포기하지 않았다.

결국 쫓기고 쫓긴 끝에 구석에 내몰린 사나다는 납득했다.

자신은 약했다.

약육강식.

지금까지 그가 행동해 왔던 대로 베헬라 교단의 성직자들은 강했고 자신은 약했기 때문에 이렇게까지 내몰린 것이다.

저들에게 구속되어 결국 사형을 받게 되더라도 이는 어쩔 수 없는 일이다.

그렇게 모든 것을 포기하는 순간 나타난 것은 베헬라 교단에서 파견된 성직자 십 수 명을 순식간에 학살할 정도로 강한 신관이었다.

그가 바로 파일로스 교단의 선대 성자였다.

그의 강함에 반한 사나다는 그의 뒤를 따라 파일로스 교단에 투신했다.

그리고 사나다는 더욱 강해졌다.

원래부터 뛰어난 재능으로 성력을 다루는데 익숙

했던 사나다는 파일로스 교단의 파괴에 특화된 성법을 익히면서 타의 추종을 불허하는 살인귀가 되었다.

파일로스 교단의 교리는 그야말로 사나다를 위해서 존재하는 것만 같았다.

강한 자는 파괴하고 약한 자는 파괴당한다.

약자가 죽는 것은 약하기 때문이다.

강해져라. 그리고 파괴하는 자가 되어라.

사나다는 교리에 따라 끝없이 강함을 추구했고, 삼대주교와의 성전에서도 살아남아 대주교가 되었다.

사나다가 오랜 세월 믿고 따랐던 강자, 파일로스 교단의 선대 성자는 그 전쟁에서 패해 죽고 말았지만 사나다는 딱히 별다른 감정을 느끼지 않았다.

결국 그가 죽었다는 것은 그가 약했기 때문이었으니까.

그리고 그가 죽은 결과, 더욱 강한 성룡이라는 존재가 탄생했으니 사나다는 그가 죽은 것이 잘 되었다는 생각마저 품고 있었다.

올해로 82세가 된 아론 사나다는 마신이라 불리는 신을 믿어온 탓에 스스로 지닌 능력에 비하면 합당한 대우를 받아오지 못했지만 후회는 하지 않았다.

죽어서 다시 태어나는 것이 낫다느니 이런 저런 이유를 갖다 붙이긴 했어도 결국 사나다는 생명이 꺼져가는 것을 지켜보는 것이 좋았던 것이다. 사람을 죽이는 것이 좋았던 것이다.

그리고 삼대주교와의 전쟁에서 원 없이 사람을 죽였던 사나다에게 후회란 없었다.

그리고 지금,

"교단을 위해 죽여야 할 상대가 있다."

그가 섬겨온 신을 위해 사람을 죽이라고 명령하는 성룡 베네모스의 모습에 사나다는 몸이 달아오르는 것을 느끼며 깊이 고개를 숙였다.

상대는 베헬라 교단의 성녀와 그녀의 협력자.

그 협력자에 대한 정보는 얼마 없지만 사나다는 크게 신경 쓰지 않았다. 그의 머릿속에 남은 것은 성녀에 대한 것뿐이었다.

성녀는 강하다. 그러니까 파일로스 교단의 선대 성자가 패해 죽은 것이다.

그러나 이번 상대는 신의 사자로 선택된 지 고작 12년째인 어린 성녀였다.

아무리 신에게 허락받은 성력의 양이 많다고 하나 사나다의 실력이라면 죽이는 것도 가능할 것이다.

문제는 그녀의 호위로 따라올 수많은 신관과 성기

사들이었지만 이번 임무를 위해서 지원해준 수하를
확인한 사나다는 확신했다.

베헬라 카렌. 붉은 머리의 성녀는 사나다의 손에 의
해 죽을 것이다.

"자, 그럼. 이 노구와 당신, 어느 쪽이 파괴하고 파
괴당할 지 견주어 보기로 할까요?"

아론 사나다는 자비롭다는 표현이 어울리는 인자한
미소를 지었다.

✢

덜컹덜컹.

비포장도로를 달리는 마차가 크게 흔들렸다.

마차를 모는 마부가 길을 서두르는 탓이었다.

그러나 그 마차에 타고 있는 시우는 그다지 신경 쓰
는 태도가 아니었다.

그럴 상황도 아니었고 사실 마법을 부린 탓에 마차
가 흔들려도 별 상관이 없었기 때문이었다. 그 증거로
지금도 시우의 궁둥이는 마차 바닥에서 조금 떠오른
상태로 마력이 만들어낸 척력에 의해 부드러운 쿠션
작용이 이루어지고 있었다.

마부, 베헬라 교단의 성기사는 시우가 수상한 짓을

하지는 않는지 돌아보았지만 이상한 점은 발견할 수
없었다.

애초에 내력 봉인 팔찌를 차고, 쇠창살에 갇힌 시우
가 할 수 있는 것이라곤 아무 것도 없었지만 말이다.

급하게 마법을 푼 탓에 쿵하고 궁둥이를 찧은 시우
는 궁둥이를 비비며 어색한 미소로 성기사와 시선을
마주쳤다. 그런 시우의 웃음을 의심스럽게 쳐다보면
서도 성기사는 말을 몰기 위해서라도 다시 시선을 앞
으로 돌릴 수밖에 없었다.

시우는 성기사의 시선이 돌아갔음을 확인하고 다시
조심스럽게 마력을 끌어올렸다.

신관과 성기사를 비롯한 성직자들은 성력에 익숙한
덕분에 마력을 감지함에 있어서도 탁월한 능력을 가
지고 있었지만 마차를 모는 성기사는 바로 뒤에서 마
법을 부리는 시우의 기척도 느끼지 못했다.

성녀를 지키는 수호성기사단에 뽑힌 일원이기는 했
으나 그 중에서 가장 실력이 부족한 탓에 마부의 역할
을 맡은 성기사와 시우 사이에는 좁히려야 좁힐 수 없
는 실력의 차이가 있다는 증거였다.

그것은 비단 마차를 모는 성기사에게만 한정된 이
야기는 아니었다.

시우가 타고 있는 죄인 호송용 마차의 앞뒤에는 시

우가 탈출을 시도할 경우를 염려해 두 대의 마차가 막아서 달리고 있었다. 그 마차에는 한 교구를 주관하는 최고위 성직자인 주교급 신관들과 성기사들이 타고 있었지만 그들도 시우가 탄 마차에서 마법이 발동되고 있다는 수상한 낌새는 조금도 감지하지 못하고 있었다.

그리고 이 집단에서 시우를 제외하면 가장 큰 내력을 품은 성녀 베헬라 카렌과 그녀를 호위하기 위해 따라 나선 대주교급의 성직자들 또한 내력 봉인 팔찌를 착용한 시우가 단지 궁둥이가 아프다는 이유로 마법을 쓰고 있다는 사실은 꿈에도 모르고 있었다.

그리고 그 순간이었다.

지금쯤 일행들은 무얼 할까 상념에 잠긴 순간 마차와는 제법 떨어진 장소에서 커다란 마력의 충격파가 전해져왔다.

그것은 강력했지만 워낙 먼 곳에서 일어난 일이라 이곳에서는 시우를 제외하고 아무도 알아채지 못한 모양이었다.

시우는 마력 감지 능력으로 마법이 발생한 거리와 전해져온 마력량을 가늠해보고 어느 정도나 되는 규모의 마법이 사용된 건지 추측해 보고 눈살을 찌푸렸다.

결과는 금방 나왔다.

50만 포인트의 마력이 소모된 마법, 인외급의 마법이었다.

시우가 처음 떠올린 것은 드래곤이었다.

50만 포인트의 마력이 사용된 마법이라니, 단순 계산으로 그만큼의 마력을 체내에 쌓으려면 적어도 300년에 가까운 세월을 필요로 했다.

그러나 시우는 고개를 저었다.

인간은 무리라도 그것이 가능한 존재는 얼마든지 떠올릴 수 있었다.

파충인(爬蟲人) = 렙타일 클래스(Reptile Class)라 불리는 수인족 중에서도 수명이 긴 유사인종이 있다. 바다의 현자라고도 불리는 이 수인족은 등껍질을 달고 태어나는 거북이를 닮아 거북인(――人) = 테스투디네스 오더(Testudines Order)라고 불리는 종족이었다.

이들은 강철검도 튕겨내는 튼튼한 등껍질, 바다 속을 자유롭게 헤엄치는 수영 능력, 무엇보다 인간보다 긴 수명에서 기인하는 지혜와 방대한 마력을 가지고 있다.

또한 마법의 연구에 빠져서 스스로 생명을 포기하고 언데드가 된 자들도 인간의 한계라고 불리는 15만 포인트가 넘어가는 마력을 축적하고 있었다.

이러한 존재들이 사용하는, 마력이 부족한 인간은 사용할 수 없는 마법을 인외급 마법이라 불렀는데 50만 마력이라고 하면 그러한 인외급 마법 중에서도 최상위의 마법이었다.

시우는 열심히 달리는 마차 안에서 일어났다.

마차 바퀴가 돌을 밟고 바닥이 크게 흔들렸지만 시우는 능숙하게 중심을 잡으며 쇠창살 너머에 달린 창문을 내다보았다.

"응? 당신, 일어나 있지 말고 앉으시죠. 그러다 쓰러져서 당신이 다치면 혼나는 것은 감시를 명령받은 접니다."

말을 몰던 성기사가 다시 시우를 돌아보고 말했지만 시우는 아무런 대꾸도 하지 않았다.

그런 시우의 반응에 성기사는 깊게 한숨을 내쉬었지만 고개를 저으며 더 이상 신경 쓰지 않았다.

시우는 창문 너머로 마법이 사용된 곳을 바라보았다.

아무것도 보이지 않았다.

먼 거리에서 사용되었으니 당연하다고 생각할지도 모르지만 15만 마력을 소모해 발동한 수아제트의 마법, 파괴의 검은 광선도 지형을 바꿀 정도의 위력을 발휘했다.

50만 마력을 소모한 마법이라면 먼 거리에서 사용했다고 해도 시각적으로 확인하는 것이 가능할 지도 몰랐다.

그러나 아무것도 보이지 않았다고 한다면 적어도 공격이나 파괴의 수단으로 사용된 마법은 아닌 모양이었다.

그 순간 시우의 뇌리를 스친 마법이 있었다.

장거리 공간이동 마법.

그 마법의 소모 마력이 적당히 50만 마력 가량이었다.

장거리 공간이동 마법은 이동 거리와 이동 인원에 상관없이 50만 포인트의 마력을 소모해 최대 1만 킬로미터의 거리를 이동할 수 있다.

확신은 할 수 없었지만 시우는 직감했다.

저것은 장거리 공간이동 마법이라고.

그것은 아마 시우가 이 세계로 넘어오며 부여받은 최고 레벨의 패시브 스킬, 마법의 재능에서 기인한 예감일지도 몰랐다.

그렇다면 이 행렬과 저 마법에 연관관계는 있을까?

마법이 사용된 장소와 이 행렬 간의 거리는 제법 멀었지만 시우는 생각을 거듭할수록 불안한 기분이 들었다.

시우로서는 베헬라 교단의 교황성에 도착할 때까지 아무런 사고가 없었으면 했지만 장거리 공간이동 마법이 사용되었다는 점을 감안하면 이 행렬과의 연관관계가 깊어지는 기분이 들었기 때문이었다.

장거리 공간이동 마법의 이론은 어렵지 않았다.

드래곤 하트만 있으면 적당한 지방 영지의 마법사 길드에서도 설치마법으로 설치할 수 있는 것이 장거리 공간이동 마법이었으니까.

문제는 이동시간을 단축하겠다고 드래곤 하트를 사용하는 경우는 거의 없다는 사실이었다.

만약 이 마법을 드래곤 하트로 사용했다고 한다면 그것은 그것대로 견제를 해야 했다.

드래곤 하트는 국가급 전략병기다. 그것을 단지 이동 시간의 단축을 위해 쓸 수 있다면 그 마법을 사용한 사람의 권력과 부는 결코 함부로 할 수 있는 것이 아닐 테니까.

만약 드래곤 하트를 사용한 것이 아니라고 해도 문제였다.

현재 성녀 일행의 행렬이 달리는 이곳은 북부의 무역도시 제네란에서 페르시온 제국의 국경을 향하는 중간지점이었다.

즉 주변에는 장거리 공간이동 마법을 사용해서까지

들를 만한 장소는 없다는 이야기였다.

　게다가 더욱 문제가 되는 것은 페르시온 제국에서 예외적으로 국토를 벗어난 도로를 포장한 곳이 바로 무역도시 제네란과 페르시온 제국을 잇는 길이었는데 성녀 일행은 그 길을 사용하지 않았다는 점이었다.

　즉, 이곳은 도로랍시고 길이 나있기는 했지만 도로가 포장된 뒤 버려진 사용하지 않는 길이라는 것이었다.

　이는 베헬라 교단에 적대하는 세력이 혹시라도 성녀가 교황성을 벗어났다는 소식을 듣고 매복을 할지도 모른다는 생각에서 선택한 길이었다.

　아무리 거리가 있다지만 그런 인적이 드문 곳으로 장거리 공간이동 마법을 사용했다는 것은 어느 모로 보나 성녀 일행에게 용무가 있을 가능성이 높음을 뜻하고 있었다.

　"저기, 음……."

　시우는 잠시 호칭을 고민했지만 지금은 그럴 때가 아님을 이해하고 입을 열었다.

　"마부 씨?"

　"…저는 마부가 아니라 자랑스러운 수호성기사입니다! 제 이름은 아슈 바로. 바로라고 불러주십시오. 무슨 일입니까?"

바로가 언성을 높이자 마차를 끌던 말들이 흥분해 마차가 한 차례 흔들렸다. 그러나 바로는 딱히 실력이 부족해 마부로 뽑힌 것만은 아닌 듯 능숙하게 말들을 진정시켰다.

"마차를 멈춰주실 수는 없습니까?"

시선은 앞을 향한 채 의식만을 뒤로 향하던 바로가 시우의 말에 놀라 뒤를 돌아보았다. 의문으로 동그랗게 치뜬 눈이 경계와 의심으로 물들며 가늘어졌다.

"저나 당신의 의향으로는 그럴 수 없습니다. 당신을 모시기 위해 성녀님이 교황성을 벗어나 이곳을 찾아왔지만 사실 성녀님이 교황성을 벗어나는 것은 매우 위험한 일입니다. 교황성까지는 서둘러도 며칠이 소요되겠지만 페르시온 제국령까지는 늦은 밤이면 도착할 겁니다. 그때쯤이면 마차도 멈출 수 있겠죠."

시우는 말의 육체를 강화하는 성기사 바로의 성력을 감지하며 고개를 끄덕였다. 하지만 그것은 마차를 멈출 수 없다는 말에 대한 수긍이 아니었다.

성녀를 보필하기 위해 교단에서 파견 나온 집단이면 마부를 고용하는 것도 어렵지 않을 텐데 왜 굳이 귀족과도 같은 권력을 지닌 성기사들이 마부를 대신해 마차를 모는지 의문이 들었다.

알고 보니 이것은 전부 한시라도 빨리 성녀를 페르시온 제국령까지 수송하기 위한 수단이었던 모양이었다.

그런 납득을 하면서도 시우의 머리는 어떻게 하면 이 마차를 멈춰 세울 수 있는지를 생각하고 있었다.

"그렇다면 성녀님께 이 말을 전달해 주실 수 있습니까?"

"무슨 말을······?"

"이 행렬의 행로에 적 세력이 매복 중이라고."

"뭐? 설마 당신······! 아니, 아니지. 당신이 그걸 어떻게 압니까? 당신은 계속 마차의 안에 있었고 저는 이 마차를 벗어나지 않았습니다. 애초에 당신이 이 마차에 구속된 뒤로 이 마차는 단 한 번도 멈추지 않았는데······."

바로에게서 살기에 가까운 적개심이 끓어오르다 말고 차갑게 식어버렸다. 그러나 그 저변에서는 마그마와도 같은 고요한 경계심이 흐르고 있었다.

바로는 이해할 수 없다는 표정과 말투를 했지만 시우에겐 그를 납득시킬 마법의 단어가 있었다.

"제가 '계시된 자'라는 것을 잊으신 것은 아닙니까?"

시우는 베헬라 교단에 구속당하던 때에 카렌에게 '계시된 자'가 무엇이냐고 물었다.

그리고 카렌은 곤란한 표정을 지으며 그것에 대해서는 대답을 해줄 수 없다고 대답했다.

그리고 시우는 그때 이미 카렌이 베헬라에게 받은 계시의 내용이 어떤 것이었는지 확정지을 수 있었다.

그것은 바로 '정보의 부족'.

카렌은 분명 리네를 뺏긴 시우가 그것을 '돌려받을 수 있냐'고 물었을 때 이렇게 대답했다.

'슈 씨가 베헬라 교단의 뜻에 저해되는 인물이 아니라는 것만 밝혀지면 그 즉시.'

그것이 의미하는 것은 즉 시우가 아군인지 적군인지 베헬라 교단에서도 아직 모른다는 것이었다.

얌전히 구속된 시우에게 계시의 내용을 알려주지 않는 것도 이러한 정보의 부족을 이용당하지 않기 위해서일 가능성이 컸다.

그렇기에 이용했다.

효과는 뛰어났다.

성녀는 아직 '계시된 자'가 무엇인지 모른다.

시우도 그게 무슨 의미를 가지고 있는 것인지는 알지 못했지만 아는 척을 하는 것만으로 원하는 그림을 그릴 수는 있었다.

"허어! 이게 어떻게 된 일이죠?"

사나다는 이미 전투 준비가 끝난 베헬라 교단의 성직자들을 보면서 물었다.

그러나 그가 데리고 온 900명의 부하들 중에서는 그의 질문에 대답할 수 있는 인물은 아무도 없었다.

그가 데리고 온 성직자들은 전원 파일로스 교단으로의 개교를 거부한 자들로 수아제트의 정신 마법의 도움을 받아 세뇌한 자들이었다.

파일로스 교단의 파괴 성법, 그 중에서도 가장 위험하다고 알려진 영혼 파괴 성법이 있다. 하지만 이것은 적을 공격하는 용도로 사용되는 성법이 아니고 스스로의 영혼을 강제로 붕괴시켜 힘을 끌어내는 기술이었다.

파일로스 교단의 성직자라면 누구나 알고 있는 성법이지만 아무도 함부로 사용하는 일은 없었다.

그도 그럴 것이 신을 왜 믿는단 말인가?

대부분의, 아니 모든 성직자들은 현생에서 신을 위한 업적을 쌓아 내세에 대한 우대를 약속받는다.

그런데 이 영혼을 파괴하는 성법을 사용하면 그런

것은 기대할 수가 없었다.

사람이 죽어 남는 것은 영혼일진대 그것이 붕괴되면 남는 것은 오로지 어둠. 아무 것도 남지 않은 무(無)였으니까.

신을 믿는 자에게 있어서, 어쩌면 살아있는 모든 생물에게 있어서 가장 큰 공포는 이것일지도 몰랐다. 죽은 뒤의 세계가 아무 것도 없다는 것을 깨닫는 것.

그렇기 때문에 사용하지 않던 성법을 세뇌로서 사용하게 만든다. 그것이 이 사나다의 부하들이었다.

세뇌된 부하들은 사나다의 질문에 대답할 수 없었다.

사나다의 질문에 대답할 수 있는 것은 이들을 여기까지 나르는데 도움을 준 드래곤, 브로딕스 뿐이었다.

"우리가 여기에 오는 걸 처음부터 알고 있었다는 태도인걸."

브로딕스로 보이는 청년은 실눈을 뜨고 베헬라 교단의 성직자들을 훑어보기 시작했다.

"…흠. 뭐, 아무래도 좋습니다. 제게 주어진 900명의 세뇌 특공대와 이 노구만으로도 저들을 상대하는 데에 넘치고도 남을 테니까요. 브로딕스 경을 귀찮게 만드는 일은 없을 겁니다."

"그야말로 아무 상관없지. 도움이 필요하면 언제든 부르라고."

사나다는 내심 그럴 수는 없다고, 그러면 내 몫, 내가 죽일 인간의 수가 줄어들지 않냐고 대꾸하며 고개를 끄덕였다.

여전히 손목에는 내력 봉인 팔찌가 채워진 채 사나다와 브로딕스의 대화를 엿들은 시우는 귀찮은 일이 되었다며 한숨을 내쉬었다.

그리고 손목을 내려다보았다.

장거리 공간이동 마법을 쓴 것이 드래곤이 아니라 유사인종, 혹은 언데드만 되었어도 시우가 나설 생각은 없었다. 아마 그런 경우라면 50만 마력을 소모한 뒤에는 전투 능력을 거의 잃어버린 상태일 테니까.

그러나 그런 시우의 희망이 무색하게 상대는 드래곤이었다.

그것도 브로딕스는 430세의 드래곤. 장거리 공간이동은 드래곤에게도 부담이 되는 마법이었지만 그래도 80만 가량의 마력은 남아있을 것이다.

시우가 수갑을 부숴야 할까 고민하는 사이 사나다가 외쳤다.

"소저! 각오하시오. 오늘은 이 노구가 그대를 신의 품으로 돌려보낼 날이니!"

오오오!

사나다의 명령에 따라 세뇌된 성직자들이 파일로스 교단의 신언을 읊기 시작했다.

찬란한 빛이 터져 나오고 그들의 영혼으로 짐작되는 영체가 솟아났다.

그것은 너무나도 경건한 광경이었지만 이내 나타난 현상은 추악한 것이었다.

영혼을 스스로 불사르며, 타락하고, 짓물러 까맣게 썩은 고름이 흘러내리는 것 같은 착각이 들었다.

혈투가 시작되었다.

〈6권에서 계속〉